Ritsu & Shūji

「小説家は懺悔する」

「う……っ、無理、ん、痛……っ」
硬いものが強引に奥をこじ開けて引いていき、穏やか
なリズムを刻みはじめる。
「気にするな。忘れろ。俺に優しくさせろよ、なあ……
おまえと寝たいんだ。死ぬほどよがらせて、いかせて
やりたい」
（本文P.103より）

小説家は懺悔する

菱沢九月

キャラ文庫

この作品はフィクションです。
実在の人物・団体・事件などにはいっさい関係ありません。

目次

小説家は懺悔する

口絵・本文イラスト／高久尚子

北陸《ほくりく》の春はまだ寒い。

青い夜の中に小雨がぱらついてきて、空気が灰色に変わった。雨になるなら車で出かければよかったと思いながら、松永律《まつながりつ》はバス停から小走りになる。

作りの小さな甘い面差しが街灯の明かりを受けて白く照らされ、長いまつげを一瞬光らせる。丸い瞳の虹彩《こうさい》は大きく茶色い。細身の彼の影は前方に伸びて霞《かす》んだ。

（メール……は、まだか）

薄い手の中に握り締めた携帯に目を落とすが、一緒に暮らしている恋人からの連絡は入っていなかった。

静かで冷たい雨は律の柔らかい髪を湿らせ、滑らかな頬《ほお》や唇にかすかな水滴をまとわりつかせる。濡《ぬ》れはじめたアスファルトに足跡は黒く残った。シャッターを下ろした商店街を抜けると、白々とした街灯の中にアパートが照らし出されていた。

二人の部屋の窓は暗い。まだ彼は帰ってきていない。

「もー、店長何やってんだろ」

まつげに留まる雨を手の甲で拭《ぬぐ》い、律はコンクリートの階段に足をかけた。

そうして、なんとなく胸騒ぎを覚える。

違和感は朝からずっとあった。今日はいつもの休日と何か違う。

二十四の律より十六歳も年嵩《としかさ》の恋人が別居中の子供に会いにいくのは毎度のことだったけれど、彼は自分の店で娘にごちそうしてやるのだと言って、普段より早く家を出た。律が何時の映画をどこで見るのかを知りたがった。車を使うのかと訊《き》いた。

どれも、普段とは違った。

「十一時……」

店長の子供はまだ小さいから、いつもならもう家に送り届けて戻っている時刻だ。

何かがおかしいと思う。何がおかしいのかはわからないけれど。

(まさか事故ってたりしないよな)

胸に忍び込む灰色の空気を無理に吐き出した律は、一階の奥にあるドアに鍵《かぎ》を突っ込んですぐに眉を寄せた。

(開いてる?)

鍵はかかっていなかった。

「店長、帰ってるの?」

ドアを開け、息を呑《の》む。

からっぽだった。

玄関も、部屋の中も、しんと静まり返って何もない。開け放たれたリビングのドアの向こう側が青く沈んでいる。カーテンの隙間《すきま》から差し込む街灯の明かりで、そこにあるはずのテーブルや戸棚が消え失せているのがわかった。

「何……?」

すうっと血が下がっていく感じがした。震える指で玄関の明かりをつけようとしたけれど、慣れたはずのスイッチの場所がわからない。

「店長――これ、どういうこと?」

何もない。誰もいない。耳を塞ぐほどひっそりとした空気が鼓膜を圧迫する。がらんどうに体温が逃げていく。

(置いていかれた)

体中の力が抜けて、律は玄関に膝《ひざ》をついた。

薄茶色の目をどれだけ見開いても、夜の中の完璧《かんぺき》な不在は変わらなかった。

「どうしよう、克己《かつみ》」

律は小さな車の狭い運転席に蹲《うずくま》るようにして、携帯電話に縋《すが》っていた。日付はとっくに変わっている。会社員はもう寝る頃かと迷わないでもなかったけれど、相手はワンコールで電話を取った。

『どうしようって何？』

幼なじみの冷たいぐらい落ち着いた声が耳に触れる。肩で寄りかかったドアは冷え切って、力の入らない体からもっと何かを奪おうとしているようだった。

「店長がいない。家も店も空っぽなんだ」

『……おまえ、いまどこなの？』

一瞬戸惑うような気配のあと彼の声が少し揺れて、律の鼓膜を優しく撫《な》でた。

「駅前。店の近く」

『そんなとこいてもしょうがないだろ。うちにおいで、すぐにだよ』

雨が濃くなった。白い霧雨。夜が深くなったみたいに見える。小さな車は重い。後部座席には段ボール箱がある。トランクにはゴミ袋。助手席にボストンバッグ。全部自分の荷物だ。軽自動車一台分。頭がくらくらする。

信じられない——死にそうだ。

赤信号への反応が遅れて何度か急ブレーキを踏みながら、律は大きな川を越えた新興住宅地の中のアパートに辿《たど》り着いた。

チャイムを鳴らすと内側からドアが開かれる。すらりと細い人影が立っていた。

「克己……」

涼しい目をした一柳《いちやなぎ》克己の、整いすぎて無表情に見える顔がそこにある。いつでも淡々とした声と同じぐらい、彼の表情はそう大きく動かない。

「どうしよう、俺」

「うん」

それはわかったからと言うように、パジャマに包まれたしなやかな腕が律の肩を抱いてきた。幼なじみの硬質な髪がさらりと頬に触れる。風呂《ふろ》上がりらしい清潔な甘い匂いがした。

「なんでこんな冷えてるの、律」

平熱で一度は違う克己の肌が、今日は妙に温かく感じられる。

「とりあえずあったかいもんでも飲みな」

自分と同じぐらい細い背中を追って、靴を脱いだ律は彼の部屋に入った。

暖かいワンルーム。紺のカーテン、フローリングにカーペット、食卓代わりの低いテーブル、存在感がありすぎる大きなソファ。幾度も見てきた妙に簡素な克己の部屋。

ハンガーに吊《つ》り下げられたビジネススーツが彼をサラリーマンだと示しているだけで、他には散らかすほどのものもない。

「コーヒーの方がいいか？」

ぺたりとカーペットに座り込んだ律に、マグカップに入ったお湯割りのウィスキーを差し出して克己が言う。

「ううん」

律は首を振ってカップを受け取り、溜息《ためいき》をついた。手の中の陶器は熱いはずなのに、その温度がよくわからない。唇を付けると甘い香りと熱いアルコールの蒸気がまとめて襲ってきた。

「っ……」

舌が少し焼ける。でも痛くない。心臓がガタガタと震えているせいだ。

「顔色悪い」

テーブルの一端に肘《ひじ》をついた克己が灰皿を引き寄せて呟《つぶや》く。

「話せることがあるなら言って、聞くから。言いたくなかったらもう寝なね」

律は温かい酒をもうひと口啜《すす》って、小さめの唇をゆっくりと開いた。

「電話でも言ったけど――外から帰ったら、アパートの中、空っぽで。店の方も改装中って張り紙がしてあって……」

「夜逃げか」

「たぶん。携帯も通じないし」

律が勤めるビストロは駅前のビルの一階にあった。こぢんまりとした店内はレンガと濃い色の木材で、カウンター越しのオープンキッチンに立てば、トイレの中以外は全部見渡せるような店だった。

「中、椅子《いす》もテーブルも冷蔵庫もなかった」

いま見てきた光景が信じられなくて、律の声はひどく掠《かす》れる。ハタチの歳からいままで働いてきた店の中も、アパートと同じようにがらんとしていた。

「おまえんとこの店のもんって、売っ払えるほど新しかったっけ」

「冷蔵庫は二年前に壊れて買い換えたけど――椅子とかはどうだろう。捨てただけかも」

「回収屋が入ったと思うんだけどな。マジでいらないもんは放置するんじゃないの」

「食器洗い機は置いてあった。十年以上前の型」

調理師学校を出て最初に勤めたのは食品会社系列のレストランで、一年経たずに人の紹介で創作フレンチの店に移った。大勢の人間と働くことがそう得意ではないと、実習でホテルのダイニングに入っていたときには気付いていたから。だがフランス料理店にいたのも半年未満だった。店主の友人が、コックを一人急ぎで探していたせいだ。

よかったら手伝ってやってくれと言われて出向いたビストロ――居酒屋。

うちにいても、君のキャリアにはならないと思うけれど。

オーナーでもある店長は恥ずかしそうに言ったが、小さくて落ち着いた店内の雰囲気と、気弱に見えるぐらい優しそうな彼が気に入った。

『俺、お客さんの顔が見える厨房、好きなんです』

そう口にしたとき、それまでの職場の居心地の悪さがなんだったのかはっきりと理解した。自分は調理が好きと言うよりも、誰かのために料理を作る感覚が好きなのだ。

子供の頃に父親がそうしていたみたいに。

『父親が洋食屋だったんですけど、お客さんはみんな常連さんみたいな店で。小さいとき、ずっとそれ見てたから。そりゃ技術を磨きたいっては思うけど、でも、新しい料理を追求したりするより、その日の相手に合わせたものを出して歓《よろこ》んでもらえた方が嬉《うれ》しいです』

店長はひと皿の料理にこだわるよりも、店にいる時間を心地よく過ごしてもらうことを考える人だった。律にとっては肩肘を張らずに楽しめる職場だった。四年もいれば鍋ひとつレードルひとつが家族のように思えてくる。

だけど。

（こんな簡単になくなっちゃうもんだったんだ……）

わかっていたことだ。ある日いきなり、大事なものが奪われてしまうことがあると。

それでも新たに突きつけられた喪失感は大きくて、厳しい。

「おまえ、それでなんも聞かされてないわけ？　今日出てくってこと」

克己がゆっくりと紫煙を燻《くゆ》らせて言った。怜悧《れいり》な目元にはこれといった色がない。

「なんにも。全然知らなかった」

「あのオヤジの借金って、律には関係ないんだよな？　変な紙に捺印《なついん》したりしてないよな？」

「してない。それは。そういうことできる人じゃない」

「だよな。なんか一人で背負い込みそうな感じだったもんな」

ぬるくなった自分のカップにどぼどぼとウィスキーを注いで、克己がまた溜息のように煙を吐き出す。

「一人で……」

律は手の中で揺れる紅茶色の湯を見詰めた。また震えてくる。

「あっちこっち片付けて、あの人が一人で死んじゃってたら……俺」

「ないない」

克己が軽く返す。彼は店長の借金については少しだけ知っているけれど、ときどき死にたがっていたことは知らない。律が話していないから。

「もし万が一そうでも——おまえにばれるような死に方してたら、俺がもっぺん殺してやるよ、そんな奴」

「…………」

笑えない冗談だった。半分ぐらいは本気かもしれない。

小学校の途中で同じクラスになってから仲良くしている一柳克己は、律が『死』という単語にひどく敏感なのだと、言わなくても気付いているはずだ。

なにしろかれこれ十四年の付き合いになる。十歳で出会った頃に律はもう両親を亡くして、親戚《しんせき》の家で暮らしていたのだ。

「そういやアパートが空っぽって、おまえのもんはどうなったの?」

「俺の車に積んであった」

律は小さく答えた。箱や袋に乱暴に詰め込まれた服や靴を見たとき、自分自身が粗雑に扱われたみたいな気がした。

「内緒で全部片付けてったってのは、これ以上巻き込みたくなかったってことだろうな」

傍らから克己の手が伸びてきて、優しく頬を撫でた。

「俺、あのオヤジの煮え切らないとことかそれで律が落ち込むのとか、めちゃくちゃ嫌いだったけど。おまえを連れていかなかっただけマシだと思うわ」

痛みを知らない克己の手は、少しひんやりとしていていつも柔らかく感じられる。

「とりあえず、今日はもうそれ飲んで寝ろよ」

頷《うなず》いて、律は冷めたカップに唇を付けた。ごくごくと飲み干すと指先は温かくなった気がしたけれど、胸の辺りがきしきしと凍っていく感覚は止められなかった。

律は克己の部屋の大きなソファで眠り、翌日は荷物の点検をしてから車を契約している月極駐車場に戻した。二車線道路にいつまでも路駐してはおけない。

次の日は疲れて一日眠った。

気持ちがひどくすり減っていた。

電話がかかってきたのは夜逃げの三日後だった。克己は仕事に出かけていて、律は彼の部屋のソファに丸くなっていた。

携帯の液晶表示は公衆電話。

相手は「ごめん」と低く言って、沈黙のあとに「すまない」と言った。声は枯れていた。

「……どこにいるんですか、店長」

言いたいことや訊《き》きたいことがありすぎて、律の唇はうまく動かなかった。たとえば荷物の中に見付からなかった通帳や印鑑の行方だとか、帰ってくる気はないのかとか、少しでも愛してくれていたのかとか。舌にのせたい言葉はいくらもあったのに。

『家族と、田舎《いなか》に』

店長がそう言った途端に、律の声は塞がれた。彼は妻子とやり直すと言ったきり、あとは申し訳ないとかすまないとか、謝罪を繰り返すだけだった。

もうここで終わりだと理解するには、それで充分だった。

さよならとも、娘さんを大事にしてあげてとも、結局は言えずに電話を切った。そのまま大きなソファに沈み込んだ。

(あ。死ぬかも)

緩んだ蛇口から水が落ちるみたいに、ぽつりと思った。

恋人らしきものと別れたことは何度もあるけれど、こんなに絶望的な気分になったことはなかった。喪失感が苛烈《かれつ》すぎる。実際に失ったものよりももっと。

(俺の場所——また)

なくなったと思うのは、いつでも苦痛だ。


のろのろと停滞する雪国の冬はふと気付くと春と入れ替わっている。それは短い季節で、ほとんど深度を変えない。日中のアパートは物音がなく、たまに冷蔵庫のモーターが低く唸《うな》るだけだ。紺のカーテンは閉めてある。

あれから何をする気も起きなくて、何度も「これはもう死ぬかも」と心の声が囁《ささや》いたけれど、もちろん死ななかった。

「こないだは行けなくて悪かったよ。でも花見なんてまた来年でいいだろ」

ソファの座面にもたれかかって電話をしている幼なじみの声は、こちらに背を向けているせいですぐ傍《そば》なのに少し遠く聞こえる。

夜十時。電話の相手は彼の恋人だ。

「律？　うん、まだうちにいる。後ろで寝てる」

克己の綺麗《きれい》な顔がちらりと振り返った。ソファの上に俯《うつぶ》せで横たわったままの律は、何も言わずに長いまつげを伏せる。

（そうか、もう四月も終わっちゃうんだ）

あの夜は随分と冷え込んだのに。ぼんやりと思い出す。

眠ってばかりいたせいで、ここ一ヶ月半の時間が長いのか短いのかわからなかった。

「ああ……うん、体調はだいぶマシになったみたい、メシも食うようになったし」

言われてみれば随分痩《や》せた気がする。

律はころりと寝返りを打って仰向けになった。シャツの内側に手を差し入れると一番下の肋《ろっ》骨《こつ》の陰に指先が滑り落ちる。

(――みっともないな、俺)

店長がいなくなってから、食事はしばらく無理だった。食べたくもなければ消化もできなくて、もともと細身だった体からは簡単に肉が削《そ》げた。

(これじゃしばらく人前で脱げない……誰もこんな体食いたがらないだろうけど)

百七十センチの身長よりもずっと小柄に思われる体躯《たいく》と甘い顔立ちのために、いつも年齢より幼く見られがちだったけれど、これではもう少年じみているとは言えない。

ただの痩《や》せた、なんの取り柄もない男だ。

「そんな心配することないよ、大丈夫。律はちーみたいに子供じゃない」

うんざりして溜息をついた耳に少しだけ甘くなった克己の囁きが響いて、ごめん、と律は唇だけを動かした。

(ごめん、克己。チエコだかチエミだか忘れちゃったけど、ごめんねちーちゃん)

以前に紹介してもらった克己の恋人は小さかった。小柄だったせいで子猫みたいな印象しか残っていないけれど、とにかく自分たちよりは年下だった。

「来週はたぶん会えるから。怒らないで待ってな」

そんな女の子にまで迷惑をかけながら、律はあのまま克己の部屋に居着いていて――いまのいままで今年の桜が咲いて散ったことも知らなかった。

(男に逃げられたぐらいで、こんなぐだぐだになるってのもなあ)

いつまでも打ちのめされている場合じゃないとは思うのだが、頭も体も重くてなかなか動き出すことができない。

(ろくに起き上がれないなんて、ほんと最悪だ、俺)

律は両手で小さな顔を覆った。そうしてふと、手荒れが治っていることに気付く。仕事を失ったおかげで、洗剤負けして慢性的にガサガサだった指先がいやに綺麗になっていた。

「……爪も伸びてる」

何気なくぽつりと呟いたら、電話を切った克己が振り返って唇の端だけで苦笑した。

「気付くの遅いって。おまえ髪も伸びすぎだよ、律。料理人のくせに無精してちゃダメだろ」

ハイ、と差し出された爪切りを見てのそのそと起き上がる。

柔らかな革のソファを離れるのはまだ少し抵抗があった。

「もう俺、コックじゃないよ」

答えながら裸足《はだし》のつま先が逡巡《しゅんじゅん》する。低いテーブルとソファの間の狭い空間に、はまり込むようにして克己が座っている――その床が少し遠い。

「店もないし、おまえのうちで寝てるだけだし」

律が根を生やしているソファは、もともと克己の五つ年上の兄のものだった。

結婚して新居に移る兄にこれを押し付けられたおかげで克己は安物のベッドを捨てる羽目になっていたが、ワンルームには大きすぎるソファはひどく居心地のいい代物で、「ひと組しか布団敷けないからここで寝て」と言われて倒れ込んだら動けなくなった。

まるで自分のために作られたみたいに体がはまり込んでしまって。

「どうせ俺、ただの住所不定無職だ」

足裏から『現実』に掬《すく》われそうな気がして片膝を抱えた律の呟きに、克己がまた苦く笑った。

「おまえねえ、そうやって後ろ向きになるのやめなよ」

伸びてくるしなやかな指に髪をくしゃりと撫でられて、律はそちらに首を傾ける。

「無理に元気出せとは言わないけどさ」

他意なく頭を撫でてくる優しい指が心地よかった。

「やっぱり克己のこと好きになればよかった」

細い顎《あご》を膝に載せ、閉じたままの爪切りの冷たい感触を握り締めながら、律は心から言った。

現実にならないとわかっている本心ならいつでも平気で口に出せる。

「俺もおまえのこと、そういうふうに好きだったらよかったんだけどねえ」

「やっぱり『律じゃ抜けない』って？」

「おまえだって俺じゃ抜けないでしょ。……っていうか真面目な話、俺は律がしんどい恋愛してんの嫌なのよ。絶対片思いだってわかってて俺のこと好きになられたら、どうしてやっていいかわかんないじゃない」

それもそうだと、律は白く伸びた爪の先を見下ろしながら胸の内で頷いた。

性的にストレートな克己が自分に恋愛感情を持たないのはもちろん、できればよかったと思うぐらいだから、律もまた克己には恋をしない。

彼のように綺麗な顔だったらとか、他人に振り回されない性格が羨《うらや》ましいとか、そんな単純な憧《あこが》れは昔からずっとあるけれど、克己では抜けない。欲情しない。

たぶん、肉親というものに最も近い人間だからだろう。

「でもだいぶ復活したな、律」

ニュースが終わったテレビのチャンネルを変えながら克己が言った。

「そう？」

「爪とか髪とか、伸びてるの気になってたもん。そんなことに気ぃ回らないぐらい落ち込んでるんだなーって」

「……ごめん。心配させてる」

滅多に自分から話を聞き出すことがない克己は、律が身動きもできずに落ち込んでいたひと月半、黙って様子を見守ってくれていた。

「心配っていうか……癖だよな、もう。だっておまえ泣かないから」

克己の指先が不意に目尻《めじり》に触れてくる。

「だから、よく見ててやんないとダメなんだよね。泣けばすぐわかるのに」

「何が？」

彼の声に滲む優しさに気付いていながら、律は首を傾《かし》げた。

「辛《つら》いかどうかってことが」

「俺が？　泣くの？」

色の薄い黒目の大きな瞳を軽く見開いて、まじまじと克己の澄んだ目を見返す。

「たまにはわかりやすくてもいいんじゃないのって話」

「無理だって。だって、泣いてもなんにも変わらないし」

ああ、と呟いて口を噤《つぐ》んだ親友の横顔を盗み見て、思わず強く膝を抱き直した。

（しまった、また言いすぎた……）

彼は泣いて泣いて泣き続けた幼い律の手に戻ってこなかったものを、人生で一番悲しかった出来事を知っている。

その話をすると必ず克己が一瞬だけ困った素振りをするので、本当は口に出してはいけないのだ。なのに芯《しん》から甘えているせいで、ときどきうっかり口を滑らせてしまう。

（別にもう辛いとかそういうことじゃないんだけど）

だけど他のどんな嫌なことを忘れても、それだけは忘れられない。十歳の律がなくした家族のことは。

それはたった一人の父親で——そのときまで世界のほとんどすべてだった。


『律、ほらおいで。ひらがなを教えてあげる』

いつも思い出す光景は、たぶん一番最初の記憶なのだと思う。

父の膝に載せられて緑色のクレヨンを渡されて、小さな小さな自分の手が彼の長い指に包み込まれる光景。いくつのときかわからないほど古くて些細《ささい》な思い出は、驚くほどくっきりしている。料理人の指先は固かった。

『さ、き、こ。……ね？　お母さんの名前だ。律は咲子《さきこ》さんのことを覚えてないだろう？　名前だけでも覚えておくんだよ』

母が交通事故に遭ったのは律が二歳のときだった。声も匂いも体温も覚えていない写真の中の母親は、甘い顔で笑っている女の人だった。

『おまえは咲子さんに似てるね。目の色が同じだ、まつげも長い』

両手で頬を包み込んで笑う父がこの世で一番好きだった。保育園や小学校にいる時間の他は、店の厨房に立つ彼の細い背を見て暮らしていた。

二人きりでも寂しくなかった。

いなくなってしまうなんて知らなかったから。

「なあ、律」

呼ばれてはっと顔を上げた。隣にいたはずの克己が、いつの間にかソファに腰掛けて煙草《たばこ》を銜《くわ》えている。

「少しマシになったんなら、バイトとかしてみない？」

「そんなことしてる暇あったら、次の店探すって。早くまともに仕事しないと」

「しばらく厨房に立ちたくないって言ってたじゃない」

コックコートの店長と長くいたから、たしかに白衣の男は見たくないけれど。まだいまは調理場で気持ちよく働ける気がしないけれど。

「でも俺、料理の他にできることないし、貯金もないし……ここにずっといるわけにいかないじゃん」

「いてもそんな邪魔じゃないけどね。でもまあ、一応、住み込みのバイトなんだけど」

「何？　どっか派遣？　俺、ホテルとかはちょっと」

「違う違う、兄貴の友達の小説家んとこ。そいつ前から家政婦いたらいいなって言ってて」

「『そいつ』……」

客商売をしていたからどんな仕事をしている人間も特に珍しいとは思わないが、克己の知り合いに小説家がいたとは知らなかった。

「律なら料理はプロだし男だろ。兄貴が一回頼んでみてってうるさくて」

「男の方がいいの？　なんで」

「女を家に入れるの好きじゃないんだよ。あいつんとこ部屋は余ってるんだ。とりあえず一回、メシ食わせに行ってみたら？」

「どんな奴かもわかんない人んちにいきなり？」

「どんなって……あー」

克己が乱暴な仕草でがりがりと頭を掻《か》いた。

「自分ちで仕事してる奴だから……籠《こ》もってるカンジ、かな？　だらしないっていうか、暗いっていうか。ああでも、あれで有名人だしけっこう遊んでるっぽい」

「おまえ説明下手だなあ、全然わかんない」

「形容しづらい奴なんだよなー。ちょっと待って、兄貴に訊けばいい」

脚の間に置いていた灰皿に煙草を押し付けて、克己がソファから立ち上がる。

「もう遅いし、匡史《ただし》さん寝てるんじゃないの？」

「土曜だから起きてっだろ」

だけど別にいまじゃなくても、と言いかけた声は呑み込んだ。

（雇ってくれる店探す気力ないもんな……）

まだ自力で動けるという自信はなかった。明日からやろう。明日、また明日——そう思うだけ思って、またずるずると眠り込んでしまうだろう。

「ハイ、これ兄貴、替わって」

こっそりと、でも深々と溜息をついたら、無造作に携帯電話を渡されてどきっとした。

「もしもし、匡史さん？」

ぎこちなく明るい声を取り繕って呼びかける。

『うん。久しぶりだねー、りっちゃん。今日は起きてるんだ？』

甘くて丸い匡史の声が耳に心地よく触れた。

「はあ……まあ、なんとか」

『それならよかった。ねえ、仕事できそう？　僕の友達のうちだって話、聞いたよね？　明日にでも行ってほしいんだけど』

「明日って日曜ですよ？」

『奴、休日は外に出ないから大丈夫。昼過ぎには起きてるはずだから克己に連れてってもらってよ、しばらくまともにメシ食ってないみたいで心配なんだよね。材料費は僕が出すから克己に立て替えさせて。あ、そうだ、手土産《てみやげ》になんか甘いものあるといいかも。あいつ脳みそ使うから、けっこう糖分欲しがることあるんだ』

「ちょ、ちょっと待ってください」

雰囲気だけは呑気《のんき》な口調に流されそうになって、律は慌てて口を開く。

そういえば匡史は克己と同じで、ほとんど他人に詮索《せんさく》をしない代わりに言いたいことを言うタイプだったのだ。

「あの、友達ってどんな人なんですか？　小説家って言われても、俺あんまり知らなくて」

『食いものの好き嫌いはないよ。まずいものは食べないけど』

「いや、そういうんじゃなくて、性格、とか」

『そうだなあ』

少し考え込むような間のあと、匡史が電話の向こうでかすかに笑った。

『けっこう神経質だね、僕から見たら繊細だと思う。ちょっと口は悪いけど、うん、普通の男だよ』

繊細で口が悪い普通の男——言葉だけではどうにも想像しづらい。その上、暗くてだらしなくて遊び人だと言っていなかっただろうか。まったく断片的すぎてわからない。

「克己から聞いたのとなんか違います」

寝てばかりいた頭がやっとのろのろと回りはじめたところなのに、そんな複雑な生きものを想像しろと言われても困る。

『まあ、会うタイミングで違うんじゃないかなー。人間だし。みんなそういうもんでしょ。克己はぼろぼろになってるときしか会ってないしねえ』

「ぼろぼろに……?」

律は少し惑った。

脆《もろ》いところのある男に弱いのは自分の悪い癖で、おかげでこんなに辛い気分を味わったりしている。ほだされやすくて騙《だま》されやすくて底の浅い恋愛体質。嫌になるほど自覚しているのに、好きになってしまうとどうにもならない。

『ねえ、りっちゃん。次の店が決まるまでの間だけでいいから……ほんとに悪いけどあいつのこと見てやって。お願い』

柔らかい声が受話器越しに耳の中に吹き込まれる。こんな哀願、傍で電話を聞いていたら匡史の嫁が怒りはしないだろうか。子供に言い含めるような、あるいは恋人に縋るような、無心に甘えるような。

それでもこれは大人のやり口だと思う。もし自分の男にこうして囁かれたらどれぐらい幸せな感じがするのだろうと、想像させるところなんかが。

「どんな奴かわかった?」

切れた携帯を返すと、克己に訊かれた。

「いまいち。けど、匡史さんがその人のこと好きなのはわかった」

「あいつら高校の同級なんだよね。俺の律みたいなもんだと思うよ、兄貴の佐々原《ささはら》」

「一生友達?」

「そう。何があっても離れないってやつ」

さらりと言って、克己が新しい煙草に火を付けた。

「結婚しても、遠くに住んでても、兄貴が一番心配してるのはあいつなんだ。俺もたぶんそうなる。きっと一生おまえのこと見てるよ」

こんな殺し文句みたいな言葉、友達じゃなかったら聞けない。

律は嘆息してテーブルの上の爪切りを手にした。

「克己」

「ん？」

「さっきなんて言った？　その——小説家の名前」

ぱちん、と三日月《みかづき》の爪が飛んだ。指の腹に押し付けて拾うとわずかにちくっと痛みがある。ちゃんと痛いと思えるようになった。これも快復の兆しではあるだろう。

「佐々原脩司《しゅうじ》。聞いたことない？　けっこう有名」

「小説読まないからなあ」

「ファントム・ペイン。静かの海。死神姫。ドラッグラックブルースカイ。百年廃墟《はいきょ》」

「静かの海って映画じゃなかったっけ、なんか外国で賞もらった」

「それの原作が佐々原なの。おまえ、本のタイトル言ったってわかんないでしょ。映画化したのとドラマ化したやつがこんだけあるの。他にもあるかもしんないけど。本はもっとばんばん出してるよ」

なんでもないことのように克己が言う。爪が、また飛んだ。

「もしかしてすごい人なんだ？」

「ただのベストセラー屋じゃないの？　『廃墟』はいま映画になるとこだから話題になってるよ、キャストが豪華だって。どうせまた人が死ぬだけの話だろうけど」

「死ぬだけ、って」

ベストセラーになること自体がすごいのではと眉を寄せたけれど、それより不快そうな克己の言い方が気にかかった。

「あいつの小説、人が死ぬか死人のこと話してるやつしか出てこないんだもん」

「推理小説？」

「じゃなくて。サスペンスっつーか……ホラーも恋愛小説も書くけど。派手なのも暗いのも切ないのも書くけど、死んじゃう奴とか死にたい奴とか殺したい奴とかばっかり出てくる」

「そういうのが売れるんだ？」

「かもしんない」

本屋にはそれほど縁がない。月刊の料理雑誌や流行《はや》りものの特集誌を立ち読みしたり、調理の専門書を見たりはするけれど、文芸書や新書のコーナーはどこに焦点を当てて歩けばいいのかまったくわからない。

「けど、あいつになんか呪《のろ》いがかかってるのかもしんない」

付け足した克己の言葉が耳に引っかかる。

「呪いっておまえ」

「あんなの、体壊してまで書くようなもんじゃないと思うんだよ。仕事だからしょうがないけど、俺みたいな会社員にはわかんねー。全然」

変な奴なんだ、と克己がぽつりと呟いた。

佐々原《ささはら》脩司《しゅうじ》——ベストセラー作家。

若いクリエイターはだいたい都会にいるものだと思っていたのに、そんな人間がこんな北陸《ほくりく》の片隅に住んでいるなんて。

(東京《とうきょう》とか、遠いのに……)

特急と新幹線を乗り継いで四時間弱、空路でも隣県の空港への移動を含めれば同じだけかかる。佐々原は出版社の人間に会うためにたびたび東京まで行くらしいが、いっそ向こうに住んでしまった方が楽なのではないだろうか。

佐々原の家には何もないと思えと言われ、郊外の大型スーパーで食材と調味料一式を買って克己《かつみ》の車で運ばれている間、そんなふうに行き先にいる人間のことを考えてみたが、輪郭のない人物には焦点の当てようがなかった。

そもそも小説家、というのはサラリーマンとかフリーターとかと変わりない言いようだ。

晴れた日曜の真昼は眩《まぶ》しく、薄ぼんやりした春を脱ぎ捨てて初夏に向かいつつある四月の緑が目に沁《し》みる。久しぶりの外の陽射《ひざ》しは何もかも色濃く見えた。

「ハイ着いた。佐々原んちってここな。道、覚えた？」

車を停めた克己に問われ、頷《うなず》きながら律は眉をひそめる。

「覚えた……けど」

教えられたのは、住宅地の中の古びた一軒家だった。築何十年かは判別できないが、安全という意味でそろそろ取り壊した方がよさそうなスレート屋根の木造家屋。

はっきり言ってぼろい。

「けど何？」

「こんな家に一人で暮らしてるわけ？」

「そう。こっちに戻ってきたときに買ったんだ、あいつ。変な趣味だよな」

運転席を抜け出した克己は、バン、と勢いよく車のドアを閉めて、引き戸の横のチャイムを押しはじめた。一回、二回、三回。

「戻ってきたって」

「東京にいたから。三、四年前かな、帰ってきたの——くそ、なんで出てこないんだ」

「出かけてるんじゃない？　車ないよ」

家屋の前の車一台分の空きスペースを指差すと、チャイムのボタンから指を外さずに克己はあっさり首を振った。

「持ってないと思う」

「持ってない!?」

匡史《ただし》の同級生なら二十九歳のはずだ。この田舎《いなか》町で車を持っていないなんて、そんな不便な生活はちょっと信じられない。

「ったく、あの野郎まだ寝てるな」

舌打ちした克己が曇りガラスも黄ばんだ引き戸に手をかける。鍵《かぎ》はかかっていなかった。

「いいの？　勝手に」

「ああ。おまえちょっとここで待ってて、起こしてくる」

コンクリートの土間で靴を脱いで、克己は左手の階段を上っていった。律は手にしていた買い物袋を廊下の端に下ろし、ふうと息をひとつ吐き出して絵も置物もない玄関を見回す。足元に枯れ葉が一枚落ちていた。隅には砂が溜《た》まっている。

掃除が行き届いていない家だ。古いうえに何も手入れをされていない。

（なんか荒れてる）

律自身、料理を仕事にしていただけで家事が得意なわけではないが、それでもまともに磨いていれば年月の経った木材から風情《ふぜい》が滲《にじ》み出してくるはずなのにと、艶《つや》のない廊下や縁の丸くなった階段の埃《ほこり》を見ながら思う。

（これじゃ人に家事やってもらいたがるわけだよ）

一体どんな人間が出てくるのかとぼんやりしていたら、

「……おまえなあ！」

不意に階段の上から苛立《いらだ》った声が降ってきた。

「なんでいつもいきなり来るんだよ、先に電話の一本ぐらいしたらどうだ」

「あんた、電話取らないじゃん」

同じ場所から克己の平坦《へいたん》な声も落ちてくる。

「それでもだ」

「あー、悪かったね。ちょっとこんなとこで止まんないで。早く下りてよ、律が待ってる。寝たの何時なの？」

「五時。……律ってなんだ？」

頭上から重たそうな足音が聞こえてきた。階段はぎしぎしと、随分と軋《きし》む。

「何それ、朝の五時から？　もう充分だろ」

「一昨日から寝てねえんだよ。そんで？　律って……」

裸足《はだし》の足先から現れた男はジーンズを穿《は》いていた。上半身はTシャツ。そうして寝起きらしく乱れた髪を掻《か》き上げ、玄関先に立つ律に目を眇《すが》めた。

「おまえか?」

「え?」

上から問われて律も目を細める。目尻が鋭く切れたシャープな顔立ちの男だった。濃い眉、薄い唇、引き締まった顎《あご》。真っ黒の髪。脆弱《ぜいじやく》な雰囲気はどこにもない。繊細なタイプにも見えない。広い肩と高い腰と滑らかな筋肉のついた腕。

印象で言えばただ『強そう』だ。

「松永《まつなが》律、俺の友達。前に言ったじゃないか。料理学校行った奴」

残り二段を残して立ち止まった男の肩を、後ろから克己がトンと突いた。

「他人を連れてくるなら、本当に先に言ってくれよ」

ぼそりと低く言った男がそのとき、短く溜息《ためいき》をついたような気がした。

だけどそれよりも、彼の一瞬眉の辺りを曇らせた表情にパリンと心臓が震えて、律は思わず手の甲で頬の辺りを擦《こす》る。頬は赤くならなかっただろうか。

久しぶりに胸が騒いで――薄い殻が割れたような感じがした。

「やっぱり寝てたよ、律。九時間もだって。コレ、佐々原脩司ね」

MART

「はじめまして……あの、すみません。お邪魔したみたいで」

「いや。いい」

短く言って佐々原が背を向け、廊下の奥へと歩いていく。初対面にしては素っ気なさすぎる態度だった。

「おいで、律。台所こっちだから」

慣れた様子の克己に呼ばれて慌てて靴を脱ぐ。

「……………なあ、あの人」

「ああ、あいつ怒ってないよ？　いいって言ってたでしょ」

言い淀《よど》んだ律の顔色を読んで克己の目が笑った。

「そういうもん？」

「うん。愛想ないのよ、アレ」

本当に？　と念を押すのはやめておいた。もしかしたら克己は知っているかもしれない。自分の好みのタイプの顔を。気取られたかもしれない。いま、心が揺れたことを。

顔だけで恋をするほど幼くも飢えてもいないはずだが、どうしたって見入ってしまう容《い》れものだってある。

「おっさんいい歳して人見知りするのやめろよな。律が怯《おび》えるじゃねえか」

律を台所まで案内して、克己は雑な言葉を投げかけた。

「誰が人見知りだ、このガキ」

佐々原はコーヒーメーカーのスイッチを入れ、冷蔵庫から赤いペットボトルを取り出す。

「こんなだけど、ほんと機嫌悪いわけじゃないからね。気にしないで？」

「あ、うん……」

「なんだよ克己、おまえそんな可愛い喋《しゃべ》り方できるんじゃないか」

「律とあんたは違うからな」

克己に勧められた椅子《いす》に腰を下ろし、律は室内をぐるりと見渡した。

大きな冷蔵庫と戸棚と食卓がひとつずつ。椅子は四脚。ダイニングキッチンになっているこの部屋はかなり広い。かなり昔にリフォームされたらしく、玄関や階段ほどは古くない板張りの床はたしかに板張りであってフローリングではない。ものが少ないせいかもしれないが、一人で暮らすには規格外だ。

「律。……律なあ」

グラスに注いだトマトジュースをシンクの前で立ったまま飲み干して、佐々原は「ああ」とこちらに目を向けた。

「そういやなんか思い出したぞ。男に捨てられて路頭に迷ってる奴って君のことか？」

「……っ！」

あまりに無遠慮な言い草に声も出なかった。

「迷ってねーよ。俺が回収した」

「それならなんでうちに連れてくるんだ」

「あんた兄貴に、家事やってくれる人間ほしいって言っただろう？」

「そりゃいいたら便利だからだろうが」

「だから連れてきたんじゃん。いいよ、律は。きっとあんたにちょうどいい。説教しねえし、可愛いし、小説も読まないし、睡眠時間バラバラでもよく働くし、ソファ一個でいいから場所取らないし、なんなら車も持ってるし」

「まあ、たしかに顔は可愛いな。ほんとに同い年か？　おまえも二十四には見えねえが……」

可愛いな、という一語が耳に飛び込んできて鼓膜がキンと鳴る。

こんな事態は想定していなかった。

こんなふうに掻き乱されるのは困る。

まだ落ち込んでいる時期なのに、顔だけではなく佐々原の声まで好みだなんてやばい。弱っているときに片思いをはじめられるほど、自分は丈夫にできていない。

——どうしよう。怖い。

「じゃあ、律」

ぽんと肩に手のひらが乗せられた。びくっと顔を上げると、片手に車のキーを持った克己が隣に立っていた。

「帰ってくるなら連絡して。俺行くから」

「え？　もう？」

「宅配出してこいっつーんだもん、そこのオッサンが。なんだっけこれ、校正ゲンコー？」

「明日必着なんだ。用事があるときに来るほうが悪い」

「俺らが来なかったらどうするつもりだったの」

「んなもん、電話一本で集荷に来るんだよ。おまえは自業自得だ、押し売り兄弟め」

「いいけどさ。メシ、ちゃんと食えよ。あんまり兄貴を心配させんな」

「その親切が押し売りだっつの」

佐々原の台詞《せりふ》をふんと鼻先で一蹴《いっしゅう》して、克己は律の頭をするりとひと撫でした。

「とりあえずメシ作ってやって。なんか困ったらすぐ呼んでね」

子供に留守番を頼むように言う克己の声は優しくて、兄の匡史に随分よく似ている。

それで余計に、一人で置き去りにされるみたいな気分になった。

台所にコーヒーと煙草の匂いが満ちている。

呆《あき》れたことに、佐々原の家の調理器具は箱に入ったまま戸棚の中で埃を被《かぶ》っていた。すぐに使う鍋《なべ》やフライパンを洗いながら律はひどく緊張していた。

どういうつもりなのか、佐々原がやたらと自分を見ているからだ。

「東京で使ってたのは全部捨ててきたからな……台所用品は女の編集がまとめて送ってきたんだ。でもこんなもん一人じゃ使わないだろう?」

「そうですか?」

レンジと電気ポットとコーヒーメーカーしか使わない生活など、律には想像できない。この台所には菜箸《さいばし》すらなかった。冷蔵庫の中身は飲みものとゼリータイプの補助食品のみで、冷凍庫の中はレンジに入れるだけで器も要らない冷凍食品だった。

「炊飯ジャーもどっかにしまってあるはずだ。いるか?」

「いえ、いまはパスタにしますから……お皿はありますか?」

「探せばある」

長い足で立ち上がった佐々原が廊下に出ていく。

「はー……」

無意識に詰めていた息を深く吐き出した。洗いたてのまな板の上で、ようやく普段通りに手が動きはじめる。考えなくても身に付いた腕がタマネギをごく薄く手早くスライスしていく。

背中に視線を感じながら動くのは辛かった。

店長と最後にセックスをしたのは彼が姿を消す前夜で、あれから一ヶ月半も射精していない。忘れていたけれど溜《た》まっている。あんなふうにまじまじと見詰められると皮膚が粟立《あわだ》ってしまう。相手の体を眺め回すのは寝るための合図だ。

律はそういう意味でしか、男の視線を知らない。

ただでさえちょっと揺らいでいて怖いのに、体が誤解するようなことはできればしてほしくない。

「料理してる男の後ろ姿なんてはじめて見たけど」

急に頭の後ろで佐々原の声がした。いつの間にか戻ってきていたようだ。

「っ……」

手が滑りそうになって振り向く。危うく指を切るところだった。

「けっこう綺麗《きれい》なもんだな。立ち方がいい」

運んできた皿をシンクに置き、案外手慣れた感じで洗いながら佐々原が言う。

「……立ち方？」

「余計な場所がふらふら動かないから洗練されて見える」

「まあ、これが仕事ですから」

低い声のせいだろうか、彼の言葉が意味深に聞こえて仕方がない。

「君は細いのに腕や肩の辺りの筋肉の形が綺麗なんだ。何かスポーツはやるのか？」

「いえ」

「料理だけの筋肉なのか。まあ、体力使う仕事だって言うけど……へえ」

濡《ぬ》れた手を拭《ぬぐ》った佐々原が、不意に軽く肩を摑《つか》んできた。

「うん、柔らかい肉だ」

何か納得するような、真面目な顔をして呟く。至近距離に端整な顔があって、律の腰から背中までぞくっと震えが走った。

「あ……あの、包丁使ってるんで……危ないです」

「ああ。悪い」

ぱっと手を放して佐々原は食卓に戻った。

（どういう男なんだ？）

ちりりと指先に残る痺《しび》れを持て余しながら、律は野菜を刻みトリ肉の筋を切る。

自分は彼の興味を、そんなにもそそるような何かを持っているのだろうか。凝視されて触られて。

（会ったばっかりの人間にこんなことするかな、普通……）

肩越しに盗み見ると、佐々原は険しい目つきをしてなぜか灰皿を見詰めていた。

（なんか……わかんない人だなー）

気持ちがあちこちに揺れても無口なまま手だけは動いて、油や酢の匂いが佐々原の煙草の煙を押し流していく。家庭用の換気扇ののろまさに律は少し眉をひそめた。

ここは厨房ではないのだ。鍋もシンクもコンロも小さくて使い勝手が悪い。それでも料理は料理で、佐々原はいま、律の客だった。

「それ、片付けていいですか？」

できあがった皿を食卓に置いて灰皿を指差すと、佐々原は驚いたように目を上げた。人がいることを忘れていたみたいに。

「……なんだ？　うまそうだな」

「キャベツのスパゲッティと——サラダです、チキンソテーはバルサミコのソース」

「君の皿は？　俺一人分か、これ。多いぞ」

「でも」

まだ家政婦とやらをする約束はしていなかったし、今日は料理を作ったら克己の部屋に帰るつもりだった。だけど。

「一緒に食おう」

グラスを二つ取って佐々原が言う。律が好きな種類の顔と声で。

そういうのは嫌じゃない。

結局――自分が踏み出さなければいいのだ。何もなければ怖くない。好きにならなければ苦しくない。好みの男と差し向かいで食事をするだけなら、楽しいだけで済む。

「じゃあ、お言葉に甘えて」

腹を決めて律は自分の分も用意した。

差し向かいで食事をはじめてすぐに、佐々原がそう言って眉根を寄せた。

「そうだ。布団がどこにあるかわからないんだった」

「布団?」

「君の分の。部屋は空いてるんだが何もない。寝床も机も……そういえば寝間着もないな。俺のじゃ大きすぎるだろう」

「あの……住み込みがどうとかって話ですか? 俺あんまり詳しく聞いてないんですけど」

「ふうん?」

そうして佐々原はまた黙り込む。気まぐれなのだろうか。気難しいのだろうか。佐々原の視線の先がわからない。

「大丈夫ですか？　味、ええと、塩気、濃くないです？」

「ん？　うまいよ」

呼びかけても佐々原の目はテーブルに戻ってこなかった。

こんなに上の空になる男なら、こちらが見詰めていても大丈夫かもしれない。

まつげを伏せた切れ長の目、考え込むような眉間《みけん》。フォークを摑んだ長い指。片肘《かたひじ》をついたまま食事をする姿勢は行儀が悪いけれど、どうしてだか不格好ではない。

「あいつら綺麗な顔してるよな、あの兄弟」

ふっと佐々原が顔を上げた。

「克己たち、ですか？」

何を真剣に考えているのかと思ったら、友人を思い出していただけらしい。あんなに難しい顔をして、とちょっと呆れるような気分になった。

「嘘みたいに綺麗な顔のくせに、面倒見がいいくせに、自分勝手で強引で——似合わないのに品のない話も平気だしな。変な奴らだ」

「まあ、そうですね。めちゃくちゃ強引に世話はしてくれますね」

克己も佐々原のことを変だと言っていたからお互い様だ、と思ったけれど言わなかった。

「悪気がないのはわかってるんですけど。実際、すごく迷惑ってわけじゃないし」

「君のことも、匡史は『住ませてやってくれ』って言ってたんだぞ。店のオーナーが夜逃げして、家も職場もなくなったから可哀相だって。ガセじゃねえよな、これ」

「ええ。それは……ほんとです」

克己に話したことは、匡史を経由してこの男に伝わっているらしい。

(店長のこと、誰にも言うなって克己に言うの忘れてた)

けれど、そんな必要はないと信じているから、いつでも克己を頼るのだ。

——俺の律みたいなもんだと思うよ、兄貴の佐々原。

克己の言葉を思い出して、そういうことかと納得する。匡史にとって佐々原は近すぎるぐらい近い相手なのだ。そこに匡史が言っていた『口が悪い』を付け足すと、この気まずさを招く事態になるのかもしれない。

「でも俺、とりあえず一回メシ作りに行ってとしか聞いてないです」

一度視線を落とした律は、改めて背を正して言った。

「まったく。話が中途半端なんだ、あいつらは」

うんざりしたように言うから不安になった。自分も振り回されているだけだが、佐々原はその上ボランティアで律を預かるつもりだったのかもしれない。

ここに来たこと自体が親切の押し売りで、彼にとっては迷惑だったのではないだろうか。

「それで君、どうする?」

「え?　ええと、どうって?」

視線を合わせると胸が弾む。この男の目は随分と強い。

「バイトする気ないんだったら引っ張り込んで悪かったよ、わざわざ来てもらってすまなかった。匡史にもいらねえ世話焼くなって言っとく」

目の前で、つながったばかりの細い縁を切られそうになって律は口を開く。

「佐々原さんは——迷惑じゃないですか?」

もう少し彼を見ていたかった。こんなにさっさと追い返されるのは寂しい。あと少し。見ているだけで自分に心臓があったことを思い出せるから。

「いや、メシは気に入ったしな。だけど君もまともに店を探した方がいいんだろう?　せっかく腕があるんだから」

「気に入った?　本当に?」

一瞬、耳を疑った。

「たしかに家の中のことをやる人間はほしいんだが……仕事が混み合うと他のことはなんにもやれねえからな。ゴミの日だの回覧板だの宅配だの、鬱陶《うっとう》しくてしょうがねえ」

「俺も、どっちかっていうと置いてもらえると助かるんですけど」

気持ちはうろうろと迷っていたくせに、唇がそう言っていた。

我ながら単純だとは思うが、なにしろ『気に入る』という言葉が一番好きなのだ。おいしいと言われるよりもう少し嬉しい。

「いいのか？　俺は性格悪いぞ」

「そうなんですか？」

佐々原はなおさらまっすぐに目を見詰めてくる。鼓動が速くなって息が浅くなりそうだ。

「機嫌が悪いときは扱いづらいはずだ。自覚していてもコントロールが利く方じゃない」

「あなたの気に障らなければいいんですね」

呼吸を抑えて、律はできるだけ落ち着いた声を作る。

自分で悪いとわかっている人間は大丈夫だ、と頭の裏側では考えていた。

「まあそういうことだ。俺は不躾《ぶしつけ》な人間だから君の気に障るけどな。たとえばそうだな……彼氏はどんな男だった？　とか」

「は？」

言った端から実際核心に触れてくるから、浮いた気持ちがかくんと落ちた。一度靴下で踏んだ階段を誤って軽く踏み外したような、中途半端な位置に感情が放り出される。

「……訊いてどうするんですか、そんなこと」

「単なる仕事上の好奇心だよ」

皮肉めいた色もなく揶揄《やゆ》の調子でもなく、ただ純粋に気が向いただけだという顔で佐々原が言った。

「な。店ごと捨てられたってどんな気分だ？」

「仕事のって、そんな——佐々原さんて人の不幸でお金を稼ぐんですか？　そういうの不謹慎すぎません？」

「作家だからしょうがない」

本当に遠慮のない言い草には面食らって、律も思ったままを口にしていた。

「まさか。小説家ってそんな人ばっかりじゃないですよね？」

「当たり前だ、文豪じゃあるまいし。俺が知ってる連中はもっとまともだ」

「まともじゃないってわかってるのに、人が傷付くようなこと平気で言うんですね」

「ああ。面白そうだと思ったらな」

腹を立てるべきなのかもしれない。なのにうまく怒れない。少しの好意を抱いているせいか、ストレートな言葉に調子を狂わされるせいか。どちらにせよ、ここで席を立つのは大人げない。

「あなた、なんか子供みたいだ。そんな好き勝手な人って」

「他人に好かれようと思ってないからいいんだよ」

薄情だとも寂しい人だとも取れる言葉を平然と吐《は》いて、佐々原が煙草に火を付ける。

「で、どんな男だった？」

「どうって……」

すでにゲイだということもばれているし、恋愛やセックスの話題に照れるほど初心《うぶ》でもない。言いたくないと抵抗するのは店長を引きずっているみたいで嫌だった。

（せっかくソファ下りたんだし、もう区切り付けないといけないって……思うけど）

ただこの傷口はまだ生乾きだから、まともに向き合うと多少息苦しい。

「なんていうか、まあ。かなり年上でしたよ、もう四十だったから」

男同士のことが知りたいだけなら、はじめて寝た相手のことでも一番過激だったプレイのことでもなんでも話してやるのにと思いながら、律は渋々と口を開いた。

「いい加減いい歳だな、それで？」

「あとは、えーと……すごく優しい人だった」

「優しい男、なぁ」

佐々原がふうっと紫煙を吐き出して目を眇めた。視線にいくらか棘《とげ》がある気がする。

「だいたい君、同棲《どうせい》してて職場も同じで、どうやったら恋人に夜逃げなんかされるんだ？　男同士で暑っ苦しく一日中一緒にいたんだろうが」

「……っ」

人の悪そうな表情は見間違いではなかった。これはわざとだ。わざと逆撫でしている。

（暑苦しくって……）

あまり怒りっぽい方ではないのだけれど、さすがにその言葉には腹の底がイラっときた。

「定休日だったんですよ」

カップを置いて、律はテーブルに目を落とす。

勇気があれば佐々原を睨《にら》み付けてやりたいのだが、そう神経が丈夫な方ではない。声を震わせないようにするのが精一杯だった。

「たった一日で家中の荷物まとめて出ていくのに、君は全然気付かなかったって？　自分の男のことなのに？」

「彼が子供に会いに行くって言うから、俺は出かけてたんです」

ひとつ大きな溜息をついて、低いトーンで言った。そこまで話す必要はないはずだと、言ってしまってから眉根を寄せる。いくらでもはぐらかせることなのに苛立ったせいで失敗した。

「ゲイなのにガキがいたのか？」

意外そうに佐々原が問う。

「ノンケだったんです、あの人。俺とはそうなっちゃったってだけで。……不倫なんか珍しくないでしょう？」

薄く笑ったら相槌《あいづち》がなくなった。目の前にいるのが四十男の愛人をやっていた男だと知って、そろそろ気持ち悪くなったのかもしれない。

けれど律の腹の中の苛々《いらいら》も濃くなっていた。

「彼には奥さんと娘がいて、奥さんとはうまくいってなかったけど子煩悩な人で。休日は必ずその子に会いに行くから」

ひと月半かけて取り戻した自分を守る殻に、この男が穴を開けたせいだ。ほんの小さな傷で壊れるぐらいまだ脆《もろ》い。あれは眠っても眠っても夢にはできなかった。現実は生々しいぐらい痛かった。

「だから。いつも俺、映画とか観に行って夜まで帰らなかったんです。店長はそれ、知ってたから」

慣れない薄情な笑顔は頬を引きつらせるだけで、ちっとも防衛にならなかった。ぱりぱりと胸が割れていく。流れ出す血を止められない。

「あれは一日だけだったけど、業者入れたら荷物なんてすぐ片付きますよね？　うちには店長のものって着替えぐらいしか置いてなかったし」

いっそいま、胃の辺りでぐずぐずと渦巻いているものを吐き出してしまいたい。佐々原が嫌でも不快でも自業自得だ。

「店長がいない部屋に帰りたくなくて、俺はずっと、あの人が戻ってからじゃないとうちに帰れなかった。俺が一人で待ってるときに店長が家族といるって、考えると頭が痛かった」

ドアを開けたあのとき、何が起こったのかわからなかった。

二人の部屋の鍵《かぎ》を開けた瞬間、鼻先に埃っぽい匂いを感じた。開いたままの廊下のドアから、ただの箱になった室内が見渡せた――体中で不在を知った。

恋人の不在。それから、二人で過ごした年月の不在。

驚きすぎて寒気がした。寒かったのは気温のせいだけじゃなかった。

「だから全然知らなかった。だから、俺は……っ」

不意にひんやりとしたものがテーブルの上できつく握った拳《こぶし》に触れて、律はびくりと竦《すく》んだ。

「落ち着けよ」

佐々原の指が自分の手の甲に重なっている。ゆっくりとその指に力が込められ、大きな手のひらに優しく包み込まれた。まるで慈愛のように。

「そんなテンションで喋るな、聞いてる方が疲れる」

「……！　あんたって……っ」

一瞬心がほどけそうになった己に、猛烈に嫌気が差した。

「怒ったか？　気に障るって言ったろ？」

まともに目の中を覗《のぞ》き込まれて耳が熱くなる。こんなに腹が立つのに佐々原の顔はやっぱり好みで、その瞳がまた笑っているわけでもないから混乱する。

「あんた……変な人だ……」

克己の台詞を繰り返すしかなかった。本当にそうとしか言えなかった。

どこまで掻き乱せば気が済むのだろう。この男。

「君の様子が変なんだ、急に興奮しだすから。不倫だって割り切ってたんだろう？　それとも相手はそんなにいい男だったのか。恋人を不安にさせっぱなしで捨てたような奴が」

「駄目な人に決まってるじゃないですか」

投げやりに言って、佐々原の手の下から震えかけた指を急いで抜き出した。

「駄目だから別れられなかったんです」

「そういうのが好みか？　くだらない女みたいだな」

「違います！」

叩《たた》き付けるように言って自分で驚いた。もう何年も声を荒らげたことなんてなかったから。

「店長が駄目になったのは」

律は深呼吸をしてトーンを落とした。

「俺が悪かったんだと思う。きっと。奥さんのとこに帰したくなくて甘やかしたし、優しい人だったから苦しめちゃったし」

「おい、いくらなんでも優しいのと優柔不断は違うってことぐらい知ってるだろうな？」

言われたとおり落ち着いて話しているのに、乱暴に煙草を揉《も》み消す佐々原の声までなぜだか少し苛立っている。

「それなら、優しくて優柔不断だったんだ、あの人は。俺と寝て最初から責任感じて、それで一緒に住んでくれるような人で……なのに俺がなんでも許してたから、逆に焦らせたのかもしれない」

苦しんで泣いていた彼の姿が脳裏を過《よ》ぎる。愛しているとか好きだとかより、ごめんと言われた回数の方が多い。

(俺が誘わなかったら、セックスなんかしなかったら、あんなふうに泣かなくてもよかったのに。養育費とか慰謝料なんかで悩むこともなかったのに)

妻に離婚を切り出されてからの最後の一年、彼はベッドの中で「一緒に死のうか」とよく呟いていた。それがなにより怖くて辛くて、そうすることが間違いだと気付きながらいっそう尽くしたりもした。

「子供と俺のどっちかを選べなくて追い詰められて、判断力とか心とかが弱っちゃったんだろうな。余計な事業に手を出そうとして失敗して、結局家族と逃げちゃった」

心中や自殺を選ぶほど弱い人間じゃなくてよかったと、心の片隅では思っている。ソファの上の眠りの中でそれだけが救いだった。

好きだった男が自分のせいで死ぬなんて耐えられない。殺せない。

彼のやり方はどうであれ、別れたという結果だけ見れば——これでよかったのだ。

「捨てられてよかったじゃねえか。逃げられて、か」

あっさりと言い当てられて脱力した。恥も外聞もなく痛いことを吐くだけ吐いてしまったせいかもしれない。軽々しく言わないでくれと怒る気も起きなかった。

「まだ辛いですけどね。さすがに三年も一緒に住んでたから」

「そいつと付き合っててもロクなことねえだろ。おまえも相手もただのバカだ。久々に最低の話聞いたぞ、そんなもんいまどきネタになりゃしねえ」

「……はは」

おまえ、と無造作に呼んだ佐々原がはっきり呆れた顔をしていたから、もう笑うしかなかった。いまさら同情されても恥ずかしいだけだ。

「別に人に言うために恋愛してるわけじゃないし。……コーヒー飲みますか？　これ、俺ももらっても?」

「飲む。——まったく、早く忘れろ。未練たらたらじゃねえか」

「父を思い出す人だったから、忘れるのは難しいかもしれないです」

バラバラのカップ二つにコーヒーを注ぎながら、克己にも言わなかった本音をこぼしていた。

「悪趣味だな、そのコンプレックスは。親とは寝るもんじゃない」

「そんなつもりはなかったんですけど。でも、奥さんが母親に似てるとかってよくあるじゃないですか。そういう感じだと思う。なんか無意識のところで」

「………」

佐々原の濃い眉がぴくりと動いた。

「あの、カップ違いました? これじゃないとか? あ、砂糖とミルク?」

何かが気に障ったようだと、慌てて佐々原の前に置いたコーヒーに手を伸ばす。

「いや、なんでもない」

「? ならいいんですけど」

食べ残しのある皿を流しに下げて席につき、律はカップに口を付けた。強く香ばしい匂いが鼻先を打つ。

「……おいしい」

手で淹《い》れたものではないのだから豆が違うのだろう。新鮮な挽《ひ》きたてで、酸味の少ない苦めのブレンド。後味に律が知らない香りがある。

（ポピュラーな豆じゃないなあ。専門店で買ってるってことか）

佐々原はあちこち構わない人間だが、細かい部分でのこだわりが厳しいのかもしれない。これからここに住むのなら最初に彼の日常的なルールを把握しておく必要がある。

冷静になったらそれを思い出した。人と暮らすには大事なことだ。

（でもこの人、ちょっと手強《てごわ》いかも）

十歳のときから親戚《しんせき》宅に居候してきた律にとって同居は得意分野だが、寝起きの時間も不規則な人間の生活パターンは、きっとかなり摑みにくい。

（食べもののことだけなら——わかりやすいのに……）

熱いコーヒーを啜りながら、佐々原はまた伏し目がちに何か考えている。引き締まった頰から顎への削《そ》げたライン、すらりとした首、骨張った形のいい指。じっと見詰めているうちに、彼の鋭いまつげが自分の目に刺さりそうな感じがしてきて、律は唇を開いた。

「佐々原さんって、香草とかスパイス利いてる料理の方が好きですか？」

「ん？」

目を上げて、佐々原が少しだけ笑う。

「うまけりゃなんでも食うぞ」

「いや、そりゃ俺だって店に出せる程度に美味《おい》しいもの作る自信はありますけど。でも好きな味の方向とか知ってた方が」

「そういやおまえ、料理やるのも父親の影響か？　死んだ親父さんって洋食屋かなんかだったんだろ」

　律の言葉を遮った佐々原にまじまじと目の中を覗かれて、性懲りもなく胸がきゅっと鳴った。

「父のことも知ってるんですか」

「思い出したんだ。十年以上前だな、最初に匡史からおまえのこと聞いたのがその話だった。父子家庭なのに親父さんが病死した子がいて、って。まあ、俺もガキのうちに親がいなくなってるから——それであいつ、弟のツレのことなんか話したんだろう」

「佐々原さんちも？」

「……親と同じ職業ってのは珍しくもないか」

　小首を傾げた律を無視して、佐々原が呟く。

「男の趣味はよくねえけどな、おまえ。次は料理をしない男にしとけよ」

「ですね……できればそうします」

　人に口を開かせておいて自分は話さないなんて不公平だ。ちらりとそう思ったが、ここは突っ込むと『気に障る』分野なのかもしれない。

「メシのことだけどな、別にこれって好みはない。まずいもんは食わないだけだ」

カップを空にした佐々原の声が、いくらか固く冷たくなっていた。

「ついでだから言っておく。俺は詮索されるのが嫌いだ」

やっぱりな、と律は思った。


車があるなら取ってこいと言われて家を出て、帰ってきたら佐々原は二階の和室で仕事をしていた。

二階と言っても、階段を上った短い廊下の先をもう数段上がった階だ。一階の屋根の上に増築された部分らしい。木材が新しく、窓も大きい。本棚に取り囲まれた畳の上にパソコンデスクがある光景は、学習机に向かう子供のようで少しおかしかった。

「あのー……俺、掃除でもしてればいいんですか？」

襖《ふすま》を開けた律は、恐る恐る声をかけた。

「どこ触って何してもいいけど、置いてあるもんは動かさないでくれ。あとは勝手にしろ、用があるときは呼ぶ」

背を向けたまま放り投げるような言葉の合間にキーボードを叩く音がする。

「えっと、じゃあ、晩ごはん何時頃にします？　昼が遅めだったから……」

返事はなかった。

本にまみれた八畳間には靄《もや》のように紫煙が垂れ込め、広い背中が霞んで見える。それでも佐々原が次の煙草に火を付ける。窓を開ければいいのにと思いながら、男の背中にあるぴりぴりとした気配のせいで足が踏み出せなかった。

「それ、急ぎの仕事なんですね」

焦《じ》れた律が溜息交じりに問うと、ぎしっと椅子が軋んで佐々原が振り返った。

あ、眼鏡《めがね》。と思った途端にひどく険のある声が飛んでくる。

「わかってるなら出ていけ。邪魔だ」

要するにこれが『機嫌が悪いとき』ということなのだろう。たしかに扱いづらい。

（波がある……すごく）

振り回されるのはきついなと、階段を下りながら律は溜息をついた。

怒鳴るだけの男なら仕事場で慣れている。レストランの厨房では忙しいときによく蹴《け》られた。手にはナイフや鍋を持っているから、料理人はまず足が出るのだ。仕事場が戦場になればみんな気が立つ。

だけど佐々原は違う。昼食のときの会話ですっかりわかった。この男には生活と仕事の区切りがない。

(俺ん中も波がある……)

胸が痛くて律は唇を噛《か》んだ。泣ける人間なら泣いていたかもしれないと思う。

——出ていけ。邪魔だ。

たったそれだけの言葉で沈むなんてどうかしている。会ったばかりの男なのに、まだ失恋から立ち直っていないのに、顔と声が好みだというだけで。

「あーやだ。最悪だ俺。なんだこの職場」

めまいがして、ぐらぐらするものをどこにぶつけていいのかわからなくなって髪を掻きむしった。克己に言われたとおりだ。髪が伸びすぎていて指に絡む。前髪が目に入って痛い。

やめようか。

克己の部屋に逃げ込んでまたソファに丸くなろうか。

髪を摑んだまま、廊下の壁にもたれかかって律は自分に問いかけた。

「————そっちの方が最悪か」

答えなんて本当は、考えるまでもなくわかっていたのだけれど。

佐々原の家は風呂《ふろ》場とトイレだけがまともだった。普通に使われていて掃除もされているのはそこだけで、あとは色々な意味で放置されている。

数えてみたら部屋は五つ。全部和室だった。

段ボール箱が山積みになっている玄関脇《わき》の部屋や、通路として使われていて何もない部屋。大きなテレビのある居間も、まさか数年前に越してきてから一度も使っていないわけではないだろうが、座卓にうっすらと埃が積もっている。

佐々原の寝室は本来二階だった部屋で、床は畳を剝《は》がして板張りに変えてあった。紙と洋服と本で足の踏み場がない。サイドボードには空のグラスと吸い殻の残った灰皿。

「そんでなんでベッドだけきれいなの」

戯れにセミダブルに寝転がってみたら、洗剤の甘い清潔な匂いがした。

ろくにもののない台所で覚悟を決めていたつもりだったが、家中を見て回ったらやっぱり呆れた。佐々原の生活はどこか偏っている。

「布団なんてどこにもないし」

何から手を付けようか迷った末に、ひとまず自分が借りる玄関脇の部屋を整えようと思ったのだけれど、段ボール箱を運び出して掃除機を探し出し、自分の車から多少の荷物を運び込んだら終わってしまった。

佐々原があると言った布団は、一階にも二階にも見当たらない。

しかも、仕事の邪魔はできないから食事のときに訊こうと思っていたら、佐々原は夕飯をとらなかった。

「ごはんできましたけど」

そうっとかけた声への答えはぶっきらぼうな「あとで食う」だった。

あとでっていつ。何時間後。

意地になって台所でスタンバイし続けて三時間後に日付が変わった。何よりそれは最悪だった。料理人として辛かった。

「もう十二時間も食ってないじゃん……どんな集中力だよ」

佐々原が下りてくる気配がないから『勝手に』風呂を使ってパジャマに着替えたら、寝てばかりで鈍った体と精神的な疲労が一気にきて、全身がどっと重くなった。

「信じられない。布団もないのに。ひどすぎる」

手を付けてもらえなかった、見てももらえなかった料理。自分にできることはこれだけなのに、冷えた皿はそのまま捨てられてしまう——歯嚙みしてもどうしようもない。

ひどい眠気に捉《とら》われて食卓に突っ伏した律は、嫌な夢を見た。

苦しくて怖くて寂しい夢だった。

『すぐ迎えに行くからね』

病院の白いベッドで父が言う。夢の中の律はそれが嘘だと知っている。

(やだ、ここにいる)

声はどこにも届かない。

『叔母ちゃんの言うことよく聞いて。律がいい子にしてたらお父さん元気になるからね』

(いい子にするよ、でも違うんだ。いま叔母ちゃんと行ったらダメなんだ)

『うちに帰ったら律の好きなもの作ってあげる。ね、いい子だから』

(ぼく、あと少しだけお父さんといたい。お願いだから、少しだけでいいから)

いまなら言うべきこともわかっているのに。

過去は、とても遠い。

『りっちゃん、お父さんはね、心臓が壊れちゃったのよ』

(ほら——だからダメだって言ったのに)

『時間のかかる大変な手術だったの。でもね、手術は成功したの、それでもね』

(だから叔母ちゃんのところに来たくなかったのに。生きてるお父さんと、あと少しだけ一緒にいたかったのに……）

　夢で泣いても涙は出ない。律はそれを知っている。


「おい、起きろ」

　肩を揺すられて目が覚めた。

「バカだなおまえ、こんなとこで寝るからうなされるんだ。寝言言ってたぞ。父親の夢か？」

「――忘れた。夢なんか……」

　コーヒーの匂いがする。淹れたての濃い、強い香り。

「え？　いま何時？　あんた食事は？」

　朝かと驚いて壁に時計を探したけれど、なかった。

「午前三時。メシはまだいい」

「嘘……俺、二時までは起きてたのに。すぐ作るよ、新しいの」

　やっと目が覚めてきて、律は慌てて椅子から立ち上がった。その腕をぐいと引かれる。

「仕事中だからいい。いま食ったら眠くなるだろうが」

「何それ」

「あと少しで終わるんだ。昼までにデータ送って風呂入って、食いたかったら食う。メシより寝るのが先になるかもしんねえし、おまえはいいから布団で寝ろ」

「……布団見付けられなかったんですけど」

昼までが『あと少し』なのかと律は思わず眉をひそめた。それでは丸一日絶食したことになってしまう。

「じゃあ俺のベッドで寝てろ、俺が寝るとき起こすから。いいな？」

強く言われて頷くしかなかった。眠気は足元にまとわりついている。

「おなか空いたらいつでも起こしてください。俺、作りますから」

「わかった。早く上行け」

カップにコーヒーを注ぎながら、佐々原は邪険に手を振った。


二度目の眠りも浅かったのか、繰り返し夢を見た。こまぎれで何も摑めない夢を。

今度は父親ではなかった。

顔の見えない男だった。

（誰だろう、これ……何番目……？）

背中から抱き締められて、眠りの中で律は思った。何年も一人の男と寝続けてきたから、それが店長の体温ではないことは理解できる。おそらくいままでセックスをした誰かの感触なのだろう。

(他人のベッドで寝てるからこんな夢……わかりやすいなあ、俺)

後ろに手を回して相手の腿を撫《な》でる。柔らかい布の下に固い筋肉がある。

はっきりと淫夢《いんむ》ではないところが余計に寂しかった。誰かにただ優しくしてもらいたいみたいで。たったこれだけのことを夢に見るほど望んでいるみたいで。

「誰……？」

呟いた声が耳に響いた。瞬間、心臓がぎくっとした。

「起きてるなら詰めろよ」

「えええっ？」

耳の後ろで低い声がして、状況を呑《の》み込んだ律は跳ね起きる。まだ薄暗い。障子越しのガラス窓が青白い。

「なっ、だ……なんで？　なんで夢じゃないの。なんで起こさないんですか……っ？」

「起こして起きなかったから同衾《どうきん》してんだよ。寝ぼけて触ってきたのはおまえだ。俺の責任じゃない」

不機嫌そうな佐々原に腕を引っ張られて、また胸に抱かれた。

「仕事が思ったより早く終わった。おまえもまだ眠いだろ？　もうちょっと寝てていい」

「む……無理。寝ません、もう起きます」

足掻《あが》いたせいかさっきよりきつく抱き締められる。パジャマを着ているのに肌が擦れ合うようで耳が熱くなった。

これはいけない。夢だと思って、気持ちは準備をはじめていたのだ。

「暴れるな。おまえが詰めれば狭くねえぞ」

「違う。ごめん無理。無理なんだってば、放し……あ」

ひくっと声を呑んで、律は必死に体を丸める。

「ごめん、頼むから放して、っ……あ、もう、ごめんなさい。放してください」

「うん？」

何かに気付いた佐々原が胸に回した腕を片方、足の間に伸ばしてきた。

「ああ。……ふうん」

肩を強張らせた律の性器を確かめるように撫でて、吐息で笑う。

「これ朝立ちか？　違うよな。だったらそんなに慌てないよな」

「わ、わかんない……ちょっと、お願いだからほんとに放してよ。俺起きるから……っ」

知られたくないから頼んでいたのにと、歯嚙みして律はもがいた。けれど腕が緩まない。

「簡単な体だな」

「っ……！」

やけに骨まで沁みてくる声にからかわれて、ひくんと下肢が反応する。

「添い寝しただけで固くなるのか。ああほら、もうだいぶ……」

また触られた。今度は優しく握られた。

「あ、あ――あんた、どういう神経してるの。俺がゲイだってわかってて、どうしてこんなふざけたことできるんだよ」

もう取り繕えないとは思ったけれど、精一杯の理性をかき集めて言った。腰がじんと痺れて、心臓が走りはじめていて苦しい。

「いや、別に。面白かったから」

「面白い？　面白いってなんだよ。もう、なんかもう……あんたの好奇心って最悪だ！」

「性格悪いって言っただろうが。何回言ったらわかるんだ。つーかおまえ、恥ずかしいのは自分だけだと思ってねえか？」

ぐっと腰を押し付けられて、律の全身がますます強張った。

「ちょっと……やめてよ、なんで」

腿の裏側に、よく知った固さが当たっている。

「人の腰撫で回してあんなエロいこと言っといて、よく『なんで』なんて言えるな」

「俺はなんにも言ってない」

「『ごめんなさい。放してください』。なんだアレ、やらしい声で」

そっちこそ声が卑猥《ひわい》だと詰《なじ》りたかった。こんなふうに耳に直接唇を当てて囁かれると、背骨から力が抜けてしまう。

「年上に敬語使ったら悪いわけ？」

耳を庇《かば》おうと寝返りを打って、律は胸を喘《あえ》がせながら佐々原と向き合った。

この程度の仄明《ほのあか》るさなら、表情をすべて読み取られることはないだろう。

「シチュエーション考えろよ、マジで嫌なら突き飛ばさないとダメだろ、こういうときは」

「わかった、あんたオッサンなんだ、趣味が」

この男のわがままさを、一瞬でも子供みたいだと思った自分が信じられない。

「かもな。二十九なんて立派におっさんだ」

言うなり、佐々原の手が下着の内側に滑り込んできた。

「っあ……ちょ、待って。ダメだって、待って待って待って」

ひんやりとした指が直《じか》に触れてぞくっと背中が震える。仰《の》け反って摑んだ佐々原の腕は頑丈で、知らない相手なら縋《すが》ってしまいたかった。

「あの、あのさ——俺、匡史さんの友達とどうこうなりたくないんですけど」

「あっそ」

必死で拒んでいるのに、佐々原には耳がないようだ。何を言っても通じない。

「まあ少し付き合えよ、眠気飛んじまった」

「……んっ、なに、それ……寝酒代わり？」

滑らかな指先に息が乱れる。洗剤や熱や油で固くなっていない皮膚は懐かしい感触で、はじめて男と寝た頃を思い出してしまう。まるで子供の発情だ。興奮しすぎてくらくらする。

「ほんとヤだ、あんた」

呻《うめ》いて、堪え切れずに律は佐々原の熱に手を伸ばした。

まだ失恋は尾を引いているけれど、好みの相手からここまで迫られて拒み切れるほど枯れてはいない。

「あーもう……これじゃ俺、なんのために来たかわかんない。克己に紹介してもらったのに。バイトなのに」

詰りながら手を差し入れ、まだ乾いている男に触れる。指で持て余す大きさに喉《のど》が鳴ってしまいそうだ。口に入れたらさすがに引くだろうか。

「何すればいいか教えてくれないし。これじゃなくて、ちゃんと仕事させてよ」

言葉数が多いのは自分の気を紛らわすためだった。

こんなに激しく欲しがっている自分が嫌だ。喉が渇く。自分が先に濡れていく。性器を擦り合っているだけでめまいがするのは、それこそ子供のとき以来だった。

「メシ作ってもらったろ?」

「昼だけ、だろ……っ、あ……」

「一日一回食えば充分だ。ああそうか、勤務時間を決めた方がいいな。おまえ、九時五時とかでいいのか?」

「そんなの、なんでもい……や、だめ、そこ……っ」

「ちょっと腰上げろ、服が汚れる」

「う——ン、んっ、ん……」

はね除けられた掛け布団がベッドの下に落ちた。下着ごとパジャマが剝《は》がされる。

「上も脱げよ」

「ばっか……見せられないよ、こんな体。俺オトコだし」

「バカはどっちだ。俺がいまどこ弄《いじ》ってたと思ってんだよ、こんな固くしといて」

「っ、……そういうこと言うの、やめて」

(ああ——本当に嫌だ。ぞくぞくする……こんなの困る)

脱ぎ合って抱き合うと完全にあとに退《ひ》けなくなった。

裸の佐々原の背中に触れた指が、どうしようもなく欲情している。手のひらが筋肉のうねりを読んで動悸《どうき》が激しくなる。佐々原の肩も、腕も、腰も、張り詰めていて逞《たくま》しかった。座りっぱなしの仕事をしているくせに、どこでこんな体を作ったのだろう。

「乳首勃《た》ってる。つまめそうだな……おまえここが感じるのか？」

「……っ、……は、あ」

尖《とが》った粒をじわりと押し潰《つぶ》されて背中が跳ねた。愛撫《あいぶ》に慣れた体をひとつずつ確かめるように探られて、恥ずかしくてどうにかなりそうだった。

「も……ア、っ、そこ、やめて」

「うーん。可愛いな」

佐々原の息が乱れないから、こんな瘦せた体のどこがと思うからもっと恥ずかしくて、頭の中がぐらぐら煮えて余計に感じてしまう。

「んん……ちょっと、なに」

胸と胸を合わせる形で佐々原の上に乗せられて、腰を抱えられた。

「あんたもしかして入れるつもり……？」

「ん？　ダメか？」

びしょびしょになるほど溢《あふ》れ出した透明を掬った指が、ゆっくりと後ろに入ってくる。

「く……っあ、ね、口じゃヤだ？　俺けっこう、フェラなら得意なんだけど」

「オーラルＯＫで本番ナシ？　風俗嬢みたいだな」

「男同士なら普通だって。ちょっ……ふ、あ」

根元まで埋まった一本の指が、何かを探すように柔らかい粘膜を掻く。あちこちを押したり撫でたりして、好きなだけ遊んでからもう一本押し込まれた。

「俺、それ、自分の男にしかやらせないんだってば。あんまり、よくないし……っ」

「ふうん？」

「……いっ……あぁ……」

やっぱり話を聞かない佐々原にぐいぐいと中を擦られて、この男の形のいい指が自分の中に入っているのだと思ったら、内腿が細かく震えはじめた。

「ああ、もう……ゴムは？」

拒めないほどの昂揚感《こうよう》に律は唸《うな》る。綺麗な長い指が開かれてそこを限界まで広げている。

「ちょっと……！　準備してないんだからゴムつけて……！」

押し当てられた熱に悲鳴のような声をあげると、しれっと佐々原が答えた。

「外で出すから」

「そういう問題じゃなくて」

汗が焦りで冷たくなったり痺れで熱くなったりする。揉み合っているのかじゃれているのか区別できない形になりながら、ぐずぐずと「いいだろう」「だめだ」と言い合っているうちに、後ろから動物の形で抱かれていた。

「ナマは、嫌だって……」

「もう黙れよ」

灼《や》けそうな塊がじりじりと入ってくる。脳みそがぼおっと熱くなった。息が苦しいのは酸欠気味なのだろう。久しぶりで、大きくて。

「ふっ……く、ぅ、……う、う、う……っ」

潤滑物が足りないせいでぎしぎしと軋むような内壁を、少しずつ丁寧に突かれて全身が震えた。探している。感じる場所を見付けようとしている。なんて真面目なセックスだと遠いところで思う。強引にしたって壊れないのに。

あまりにも優しくされて背中にじっとりと汗が浮いていた。

「ん、ああ……わかった。こうだ」

「うぁっ、あっ、アッ……！」

独りごちた佐々原がぐっと強く動き、律は不意にひどい衝撃に襲われて枕《まくら》に突っ伏した。噴き上げる感覚があって、それから、爪の先まで甘ったるい快感に巻き込まれる。

「嘘……出ちゃった……」

前を弄られてもいないのに、いきなり呆気《あっけ》なく射精したことに律は茫然《ぼうぜん》とした。

「ってえなあ、締めすぎだ。いくならいくって言えよ」

ひくひくと震える背中に佐々原の厚い胸が重なってくる。快い重みに嘆息して、律は自分のまつげが濡れていることに気付いた。

「んなこと言ったって……後ろだけでいったのはじめてだもん、俺」

こんなときしか涙が出ない。これは泣くのとは違う涙だ。律はもう一度枕に顔を擦り付けて水気を拭う。

「冗談だろ」

「ほんとだって。入れさせるのは別にあれだけど……いくほどよくなったことない」

「相性いいのか？」

「ええー？　そういうことなの？」

「悪くねえな」

笑いを含んだ言葉と一緒に、背中にくちづけが落ちてきた。

「んっ……」

ずるりと佐々原が抜け出していって、気怠《けだる》く重い体をひっくり返される。

「なあ、電気つけていいだろ？　顔見たい」

「ほんとやめて……」

また悪趣味な好奇心だ。他人が射精する顔を間近で観察する機会はないだろうし——一度出して少し頭が冷えて、律の胸の中が苦くなる。

「ケチだなあ、おまえ」

残念そうに言った佐々原に両足を抱え上げられた。もう一度根元まで押し込まれる。

「あ、苦し……」

「はは……すげ、変な感じ」

深く体を曲げて、乳首を舐《な》めながら佐々原が笑った。きっと、平らな胸を吸いながら挿入している感覚がもの珍しいのだろう。面白がられるのは切なくて、この体位は苦しいから嫌だと訴えたいのに、乳首も後ろも溶けそうに甘くて何も言えない。

だけどもう佐々原にも余裕がなさそうだ。

「っ、……あっ、あっ、は、……んっ」

うねるようだった動きが抜き差しになって、それが強く速くなる。佐々原から滲み出したぬめりで少しずつ楽になっていた中が、固い肉に巻き込まれてひきつっている。律は新しい痛みでまた潤んできた目をきつく閉じて、背骨を上ってくる快感に集中した。

「そうだ、なあ……わかってると思うけど」

軽く息を弾ませた佐々原の声は、わずかに掠れている。

「ん、ん……っ、な、に……？」

「おまえのこと書いても怒るなよ」

「え――――？」

ついでのように投げられた言葉は律にとって大きくて、唖然《あぜん》としたら佐々原が息を呑んだ。

知らぬ間に締め付けていたらしい。

「っ……、物書きと関わるっていうのは、そういうことだ。どんなふうに書いても文句言わないでくれ」

「そん、そんなの……やだ、ああ……先に言ってくれないと……」

「ん……っ、ばか、締めんな……」

中に出された。

キスを、された。

佐々原《ささはら》が起きたら、やっぱり辞めると言おう。あんたのおもちゃになるぐらいなら別の仕事を探すと言おう。

あの朝そう決めたはずなのに、律《りつ》は半月経っても佐々原の食事を作っていた。

『夕方布団屋が来るから、これで払っといて』

昼前に起きてきた佐々原がおもむろにそんなことを言って、金を寄越したからだ。

『布団屋?』

『注文しといた。布団が見付からなかったんだろう?　とりあえず十万あるから、当座の買い物もそれでしてくれ、晩メシは米がいいな。しばらく食ってない』

『晩って、あんた昨日の昼食ったきりじゃないですか』

『そういや胃痛ぇな。なんかあったろ、おまえが作ってくれたやつ』

『もう捨てました!　つーか痛いほど胃が空っぽの奴にいきなり肉なんか食ってほしくないって!　ちょっと、ブラックで飲むのやめろよ』

呆《あき》れて、慌てて——そのままだ。

匡史《ただし》が面倒を見てくれと言った意味がよくわかった。

佐々原は他人に心配をさせる人間だ。

睡眠時間も食事の時間もバラバラで、一日中コーヒーと煙草《たばこ》だけで過ごして、たまに仕事をしながら酒を飲む。二、三日に一度は倒れるように眠って、次の日は不愉快そうに飯を食う。

毎日の生活そのものが、すごく体に悪そうだ。

昨日は夜中に歩き回る気配がして、目覚めた律が二階の襖《ふすま》の隙間《すきま》からそうっと仕事部屋を覗《のぞ》いたら、ベルトで首を絞めていた。

——呪《のろ》いがかかってるのかもしんない。

克己《かつみ》の言葉を思い出して、本当にそうだよと律は思う。

ぐいぐいと自分の首を絞めた佐々原はすぐにベルトを放り投げ、喉《のど》の辺りを何度か手のひらで撫《な》でてから、何事もなかったかのようにキーを打ちはじめた。

（なんであんなことすんだろ。アタマおかしい……のかな？）

あれはちょっと怖かった。外側が頑丈で自信家に見えるから余計にぞっとする。佐々原の広い肩、強い腕、目尻《めじり》のきつい端整な顔。見惚《みと》れてしまう外見だから、仕草ひとつずつが目に焼き付いて仕方ないのに。

（詮索《せんさく》するなって言われたし。なんで首絞めてたの、なんて訊《き》けないよなあ）

佐々原はだいたい何があっても何もなかったような顔をしている。セックスをしたあとだって変化はなかった。避ける素振りも、近付く素振りも。

あれから、拍子抜けするほど何もない。

(好奇心って言われたくせに何期待してんだって、俺)

溜息《ためいき》をついて火を止め、律はフライパンからホタテとゆで卵のピラフを皿に移した。あとはサラダとスープだけの簡単なメニューだ。

「律、買いもん行ってきてくれ」

「また煙草ですか?」

台所に入ってきた佐々原に言われ、皮むきトマトにアーモンドオイルを垂らしながら答える。

「トナーが切れた」

「何?」

「プリンタのインク。今日中にいっぺん打ち出したい」

「パソコン売り場に行けばいいの? どんなやつ?」

「でかい電器屋でこれくれって言ったらわかる。他にいるもんも書いといたから」

メモを渡されて、律は指先でつまんだそれをポケットにしまう。

「昨日寝てないんだから、いまから寝る気だろ? あんたがこれ食ったら行きますよ」

「風呂《ふろ》入ったら食うからさっさと行ってくれ」

追い立てるように言われて、見届けるのは諦《あきら》めた。

「じゃ、鍋《なべ》洗ったら行ってきます」

（昨日は朝晩プリンだけだったから、さすがに今日はちゃんと食うよな……）

気になるけれど、すぐに必要なものなら急いで買ってこなくてはいけない。佐々原がいまと言ったらいまなのだ。

（でもわりと機嫌よさそうだったし。まあ大丈夫だろ）

この半月でわかったことは色々ある。

佐々原はチャイムや電話で起こされるのが嫌いで、外で干した服が嫌いで、洗いたてのシーツが好きだ。普段着はほとんどジーンズと綿シャツで、腕時計は使わず、買いものはほぼ通信販売か宅配サービスで済ませている。仕事中は基本的に不機嫌で、締め切り前はほとんど怒っているから近寄れない。

「――なんかずっと締め切りばっかだけど」

休日に誘いの電話がかかってこないから友達はたぶん少なくて、だけど知り合いは多い。

そして恋人は――おそらくいない。

「ったく、働きすぎだっての」

廃車寸前の軽自動車のフロントから、五月の濃い空を仰いで呟《つぶや》く。

「たまには昼間に外出ればいいのに……」

夏に向かう時期は何もかも光っているみたいで気持ちがいい。佐々原はあんなにヤニ臭い部屋に閉じこもっていて、この新鮮な風の匂いに触れたくならないのだろうか。それとも彼が溺《おぼ》れている小説の世界には、発光する季節がふさわしくないのだろうか。

「……やば、道間違えた」

律は唇を噛《か》んだ。

彼と寝てしまったことをいくらか後悔しているのに、すぐ頭の中が佐々原でいっぱいになってしまう。きっとひとつ屋根の下に暮らしているせいだ。

平日の昼下がりは大型電器店も店員が少なくて、律は客が支払いをしているレジに並ぶ。

（なんだっけ。プリンタのインク……トナー？　だっけ？）

尻《しり》ポケットから何気なく取り出したメモを開いて思わずぎょっとした。

「な……」

プリンタの型番の下に、あまり真っ昼間に他人の只中《ただなか》で目にしたくない種類の文字が記されていたのだ。

見間違いかともう一度目を凝らす。

『薬局——目薬、胃薬、湿布、コンドーム、潤滑剤』

「……じゅん……っ？」

間違いではなかった。乱暴な佐々原の字ではっきりとそう書いてある。

「お待たせいたしました、お客様こちらへどうぞー」

（ばっかじゃねえの!?　言えばわかるって、「これください」なんて店の人に見せられないだろ、こんなメモ！）

頭に血が上ったのか血の気が引いたのかわからなかった。ぐらっときた勢いでぐしゃぐしゃにメモを握り潰《つぶ》したら、店員の間延びした呼びかけが耳に飛び込んでくる。

「お客様ー？」

「あ、ああ、すみません、ええと……パソコンのインクが欲しいんですけど」

「はい、メーカーは」

エプロンをつけた茶髪の男が、作り笑いで首を傾《かし》げる。

「プリンタの……あの、トナー……？」

慌てて律は小さくなった紙片を広げ、改めて折り畳む。

「レーザープリンタですね。どちらのメーカーでしょう」

身を乗り出してきた店員にやっと型番の部分だけを表にしたメモを見せた。動揺で指が震えた。


佐々原の家に戻り、冷蔵庫に買ってきたものをしまって、シンクに空になった食器があることを確認してから律は二階に上がった。

「遅かったな」

佐々原は寝室にいて、セミダブルのベッドに転がって本を読んでいた。バスタオルを羽織っただけの裸の上半身とパジャマの下。

「あんたさあ――変なメモ書くのやめてくれない?」

ビニール袋をふたつ彼の足元に投げ出すと、起き上がって中身を確認した佐々原が笑った。

「ああこれ。だっておまえがゴム付けろって言ったんだろう?」

唇の端を持ち上げる表情が色っぽくて、心臓にずきりとくる。

(やっぱり俺と使う気なんだ)

これはなんのために要るのだろうと、ドラッグストアでだいぶ迷った。期待してオイルを買って帰って、もしも小説の資料だなんて言われたら救われないとまで考えたのだ。

「電器屋で見せられなかったです。あんなの……」

佐々原の手が伸びてくる。腕を掴《つか》んで静かに引かれる。

「そりゃ悪かった」

竦《すく》んで動かない足を直立させたまま、腰を折り曲げる格好で下からのキスを受け止めた。

佐々原の腕はもっと肩を抱き寄せようとし、厚い舌が奥まで入ってこようとする。

「ン──なんだよ、もっと来いよ」

「まだ昼なんですけど」

当たり前の顔をして与えられた半月ぶりのキスだけで、息が上がりそうだった。

「俺は寝る前だからいいんだよ、真夜中と一緒だ」

「いい加減な理屈だなあ」

膝《ひざ》が震えて、佐々原の胸に倒れ込みそうになる。

「ちょっと運動した方がよく眠れるだろ、疲れてるとやりたくなるし」

「それベタすぎるって。うわー、待ってよ、本気でオッサン発言なんですけど」

虚勢を張って笑った唇がまた奪われた。ぴちゃりと、頭の中で濡《ぬ》れた音がする。唇の表皮を舐《な》められてざわざわした。

「まあ、もう三十だし。若くねえし？　頭しか使わねえ仕事だからバランスが崩れるんだろうな。……疲れると脳みそがビリビリして寝付けなくなる」

ふっと、佐々原が鼻先で笑った。

「けっこうキツいんだよ」

囁《ささや》く声音が弱かった。甘えられていると思ったら心の方が感じて濡れた。

「も、わかった」

佐々原の肩を押し返して、甘く痺れる膝に力をこめる。

「やるなら準備してきます」

「なんだよ、してやるよ?」

「それ使うんだろ?　だったら待ってて」

コンドームの入った袋を指差して、きれいにしてくる、と小声で言って律は寝室を出た。階段を下りる足元がふらついて危なかった。

(やばい……一回やっちゃったのにまだ怖い)

こうなると『二度目』の意味を考えてしまう。

店長のことは吹っ切れて失恋の痛手からは立ち直ったはずなのに、相手が佐々原だというだけで昂揚《こうよう》と同時に不安が込み上げてくる。好きになっていいかどうかわからないのに惹《ひ》かれているから、前よりもっとずっと怖い。

（まさか俺のこと好きなの？　って……うわ、訊けない。そんなの無理だ）

もともと臆病《おくびょう》なたちなのだ。体だけのセックスなら十九ハタチの頃にかなりの人数をこなしたけれど、自分から踏み出したことがない。

シャワーを腰の位置のフックにかけて立ったまま中を洗いながら、律はぐるぐると考える。

（どうしよう。好きだって思わないようにしてたのに——駄目だ俺バカだ。やらない方がいいかもしんないのに、佐々原と寝たいなんてどうしよう……）

迷いすぎて頭が痛くなってきた。あんまり考え込むと死にたくなったりするのは経験済みだ。いつまでも佐々原を待たせておくわけにもいかない。

（——好みの顔の男とやれて運が良いぐらいに思えばいいか）

まったく解決にはならない結論を出して浴室を出た。

とりあえずそう思えば、もう一度ぐらい寝られそうだった。


「ちょっと太ったか、おまえ。少し抱き心地よくなった」

バカみたいなことでも思い付いただけマシだったのだろう。ベッドの上で抱き合っても顔色を変えずに済んだ。

「うん、元に戻った。この前は窶《やつ》れてたっていうか、しばらく食べれてなかったから」

「例の失恋のショックで?」

「そうですよ。悪い?」

「いや別に……あれはあれで趣があったし。これはこれで……うーん、すべすべだなあ、ガキとやってるみてえ」

「っ……」

肌を撫でられ、胸の先を吸われて背中が跳ねる。

「おまえってやっぱ面白い。すぐ勃《た》つし」

「なに、その余裕……っ、真面目にやってよ」

「真面目だろ。せっかく男とやるんだからよく見ておかないと」

(イタ……)

頭の半分でわかっていても痛むのは胸で、それを無視するのは少しだけ難しかった。

「目の色だけじゃなくて皮膚も薄いんだな。痕《あと》付きやすいだろ。付けてみていいか?」

「いいですけど……これって、またアレ?　好奇心?」

「でなきゃ寝たりしないだろ。今日は観察させろよ、前は暗かったからな」

それだけではないだろうけれど。少なくとも気に入ったからまたセックスをしているのだろうけど。

（自分の男にしかやらせないって言ったの、聞いてなかったんだろうなー）

恋でもなんでもないと思うとやっぱり寂しい。

どうせセックスをするのなら、いっそ体だけでもはまってくれないだろうか。眺める余裕なんかないぐらい溺《おぼ》れてくれないだろうか。そんなことすら考えてしまう。

「せっかくって言うなら、これしゃぶってあげようか」

手の中で軽く膨らみかけたものを撫《な》でながら誘惑してみたら、佐々原が一瞬虚を突かれた顔になるから悲しくなった。

「こないだもそんなこと言ってたな。そういうのが好きなのか？」

「……うん」

間違ったかもしれない。だけど唇の外に出た言葉は取り戻せない。

「男と寝るんだから。するのもされるのも好きだよ」

「へえ。じゃあ頼もうか」

嫌じゃないのならと薄く笑って、佐々原が身を起こす。その足の間に顔を伏せた。

駄目だった？　こういうのは間違ってた？　イヤイヤ言ってる方が好きだった？　わからない。ちりちりする。胸が痛い。

(脳みそ、邪魔だ。ろくなこと考えられないくせに)

不安がまた頭を巡りそうで、そう思う。

「ん、ほんとだ……上手《うま》いな……」

唇の中で、舌の上で、佐々原が脈打って大きくなる。律は夢中になってそれを舐め回した。これのことだけ考えたかった。セックスだけになりたかった。耳に指を差し込まれて甘い息が漏れる。皮膚が粟立《あわだ》ってくる。それだけなら辛《つら》くない。

「奥までいけるんだな、おまえ。そんなに好きなのか?」

喉《のど》まで飲み込んでしごくと感心された。

「……口ん中も、いいから。キスで勃《た》つのと一緒……」

「そういうもん?」

「ん……」

わざと派手な音をたてた。ちゅるちゅると透明を啜《すす》って舐めて、ものすごく、どうしようもなく男の性器が好きなふりをした。コレではなく佐々原のことが好きだとばれたら、気持ち悪いと思われるかもしれない。

いや、きっと思われる。だから。

(くそ……もう、なんにも考えたくないって)

うろうろと迷うことに苛立って、律は買ってきたばかりのオイルを自分で狭い場所に塗り込み、強引に佐々原に跨《また》がった。

「おい、まだ慣らしてねえだろ」

「大丈夫、じっとしてて」

もちろん平気なわけがない。口の中で大きく育ったものを狭い入り口に押し込むと、肉が軋《きし》む痛みで汗が噴き出した。

「っ……何やってんだ、おまえ。無茶すんな」

かまわずに深く腰を沈め、悲鳴を噛み殺しながら動こうとして肩を強く摑《つか》まれる。

「ちょっと落ち着け、これじゃおまえがよくねえだろ、痛いんだろうが、バカ」

「いい、いいから、あんたが感じれば、いいから」

「やめろって。自棄《やけ》みてえなことすんな」

広い胸に抱き締められると身じろぎもできなくなった。

「あ……あんたが、面白ければいいんじゃゃん……っ」

頭の中を空にしたかっただけなのに、叱《しか》られて言い返す自分の言葉がまるで傷付いているみたいだった。

「こんなやり方じゃ面白くねえっつってんの。俺はセックスだけは優しくやる主義なの。ほら、なあ……どうしたんだよ」

静かに背中を撫でられるとまた震えてしまいそうになる。

「好奇心だけならなんだっていいだろ？　俺が何考えてても、俺じゃなくても」

「おまえの考えてることなんか気になるに決まってる。興味ない相手と寝てどうすんだよ」

「だって、どうせネタなんだろ……何書くの、俺と寝て」

「何って」

佐々原がいくらか驚いた顔になった。

「まあ、色々だろうよ。おまえをバラバラにして色んな人間に少しずつ埋め込むんだ。名前も、仕事も、肌も、声も、癖も、過去も、コレも」

「や……っ」

軽く突かれて意識が乱れた。

「当たり前のことだろ？　なんもねえとこからもの書く奴なんていないぞ。会った奴のどっかを拝借するからって、わざわざ相手に断ったりもしない」

「じゃあ、なんであんな……何書いても怒るなとか言わなかった？」

「あんときはエッセイのネタが出なかったからなあ。なんもなかったらおまえのことでも書くかと思ったんだ。人を雇ったって書いたらおまえだってすぐわかっちまうし。だからだろ、気まぐれだ」

　そうじゃなければ、自分だと特定されないなら、バラバラにして——切り刻まれて、自分も死人ばかりの小説の一部になるということだ。

　それはどんな感じだろう。自分と同じ名前の人間や、職を失ったコックや、親を亡くした子供が、紙の上で死んだり殺されたりするのは。

「俺——別に、死にたくないよ」

　まだ固い内側を宥《なだ》めるように小さく腰を揺する佐々原に、潤みはじめた声で囁く。

「あ？」

「あんたは死人の話しか書かないって、克己が言ってた。なんで？　嘘でも人が死ぬのなんて嫌だよ、俺」

　体の芯《しん》が熱くてぐらぐらして、何を言っているのか自分でもよくわからない。

　そうじゃない、こんなことを言うべきじゃない。そんな話を書いているのは佐々原だけじゃない。ひくっと胸が喘《あえ》いでつながった場所が鈍く痛んだ。

「っ、……なんで、って」

　きつそうに眉をひそめた佐々原がゆっくりと体勢を入れ替える。

「ガキの頃、ずっとそればっか考えてたからなあ……人が死ぬのは運命か必然か業《ごう》かって」

「やだ、そんな怖い子供」

シーツに仰向けに横たえられ、自重で食い込んでいたものが少し引いて呼吸が楽になる。

「暗かったんだ、あんた。俺も人のこと言えないけど」

だって両親と死に別れてるしね、とうつろに呟いたら、頭の上にある佐々原の顔が妙に真面目になった。

「おまえばっかじゃないってことだよ」

「え?」

瞬きをして小さく首を傾げると、真顔のまま囁かれる。

「……俺の人に言えない話、聞くか? けっこう痛いぞ」

「聞くよ、あんたのことなら」

力の入らない潤んだ目で真っ直ぐな視線を見返して言う。断られるつもりだったのか、佐々原はなんだか困ったように眉を上げてから口を開いた。

「俺がガキの頃——朝起きたら、母親が梁《はり》からぶら下がってたんだよ」

「え……?」

早口の言葉がうまく頭に伝わらず、状況が思い描けない律は、ただ何か不吉な感覚にまつげを揺らす。

「首吊り」

乾いた声でぼそりと言われて、背筋が一気にざあっと冷えた。

「……！」

「な、痛い話だろ」

目を丸くした律の肌を佐々原が苦笑しながら撫でる。

「そう特別なことでもないけどな。目の前で親に死なれたガキってときどき見かけるじゃねえか、小説でもドラマでもノンフィクションでもニュースでも」

「知らな……」

「俺だけの特権じゃないのに場がしらけるから、あんまり言わねえんだ、これ」

ふ、と息をついて佐々原が冷えた胸にくちづけを落としてきた。唇は律の心音を舐めるようにゆるやかに滑る。

「人間驚くと何するかわかんないよな。九歳だよ、俺。一一〇番とか知らないわけねーの。なのにどうしていいかわかんなくて、怖くて――逃げたね。なぜかランドセルちゃんと持って走って学校行った。こんな早くにどうしたのって言われて、『お母さんみたいな人が首吊ってます』って」

さらさらと淀《よど》みなく言う声は現実味が薄かったが、悪い冗談にも聞こえなかった。

「そんな……」

「もっと他にやることあったと思うんだけどなあ、遺体に取り縋《すが》って泣くとか。俺は馬鹿なガキだったからショックでげーげー吐いただけ」

頭の芯が凍えそうなのに身体の中は熱かった。こんな悲惨な話をしているのに佐々原は萎《な》えていない。

「後悔してた、ずっと。あれが……死体が自分の親には見えなくて」

口に血をこびりつかせて、べろを垂らして、嫌な臭いを放っていたあれが。そんな恐ろしい呟きをかき消すみたいに、佐々原がゆっくりと動きはじめる。

「お母さんって言ってやらなかったからな。呼べばよかった。毎日言ってたのにあのときだけ言わなかった。もう一生言えないって、骨になるまで気付かなかったんだ」

静かに揺らされて、体の中でぬちゃぬちゃと音がして、それはまるで自分の外側で起きているような気がする。

「ったく縮んでんじゃねえか。聞かなきゃよかったろ？」

腹を撫でた手で律の前を握って、佐々原が言う。

「だって……もう、できるわけない……」

そんな辛い話を聞いてセックスなんてしていられない。すぐ傍《そば》に佐々原の母親がぶら下がっていたみたいで、痛くて怖くて。

「二十年前だ。もう思い出してもなんともない。死なれた俺が平気になったんだから、他人のおまえがへこむことねえよ」

嘘だ、と頭ではなく心臓で感じた。

「う……っ、無理、ん、痛……っ」

固いものが強引に奥をこじ開けて引いていき、やがて穏やかなリズムを刻みはじめる。

「気にするな。忘れろ。俺に優しくさせろよ、なあ……おまえと寝たいんだ。死ぬほどよがらせて、いかせてやりたい」

「できない……」

忘れろなんて言うぐらいなら、どうしてこんなときに死者の話をする気になった？　律はこめかみの痛みに喘ぎながら思う。優しくなんて、寝たいなんて、まるで口説かれているようだ。

「できる。キスをしてくれ」

「あんたの舐めたよ？」

「いい、気持ちいいよ、おまえの舌。俺にも舐めさせてくれよ」

「ふ……っ」

深く舌を絡めるキスをされて、心より先に体だけ持っていかれる。ひどい、と思った。体だけでもいいと覚悟した途端にこんなに心が揺れる。ひどい。この人まで寂しい人間だなんて。

「可愛いな、律。そんなに俺が可哀相か?」

「だってあんた、目の前でって……俺より全然ひどい」

「だろ? だから人には言わないんだ。おまえだって同情されんの鬱陶《うっとう》しくなかったか?」

「それはそうだけど」

ただ単に、同じ親を亡くした人間同士だったから話してくれたのだろうか。

ここにそれ以上特別なものは存在しないのだろうか。

請われたくちづけに意味はないのだろうか。

「おまえは同情してもいいよ。別にしなくたっていいけど——嫌われるよりマシだ。同族嫌悪はやめてくれ」

「俺に嫌われたくない、の?」

「おまえのことは気に入ってるからな」

腰に巻き付いた佐々原の腕に力がこもった。耳に笑う息遣いが触れる。

「いなくなるとだいぶ困る」

あれから佐々原と何度も寝た。終わると彼は律を抱き締めて眠るから、二人揃《そろ》って生活時間が不規則になってしまった。

だけど一緒に食事をする回数は増えた。たぶん仕事のペースが少し緩やかな時期に入ったのだろう。滅多に外に出たがらない佐々原が、たまに外食に連れていってくれたりする。

「おまえ昨日、洗濯もん外に干しただろ」

寝覚めのコーヒーを飲みながら佐々原が言う。午後一時。彼の手元には本が一冊。

「だってバスタオルだし。乾燥機もかけましたよ?」

辛うじて午前中に起きた律はブランチの用意をしていたが、案の定出してやったオムレツは白い皿の上で冷めていくだけだ。

「嫌なんだよ、埃《ほこり》の匂いがする」

部屋に籠もって苛立っていなくても些細《ささい》なわがままは日常茶飯事で、拗《す》ねたような言い方はときどき可愛い。どんな簡単な料理でも食べてもらえないのは悔しいけれど。

「それより佐々原さん、どうでもいいもんネットで買わないでって。シャンプーぐらい俺が買ってきますってば」

「おまえが食いもん注文させるからだろ」

小さく作ったオムレツを自分の手元に下げて、律は代わりにヨーグルトを差し出した。

「あのフルーツトマトはその辺のスーパーで売ってないやつでしょ。ついでになんでも買わないで」

「どうせ使うんだからいいじゃないか」

「買いに行くより段ボール箱捨てる方が面倒くさいんですよ。資源ゴミ月一回なんだから」

「だったらトマトなんか買うなよ」

佐々原はプレーンのヨーグルトにフルーツソースを垂らし、大儀そうにスプーンを口に運ぶ。

「あれは店で一回使ったことあって、俺は気に入ってたんだけど」

これはだいぶ寝不足だと、もう見当が付くようになった。

睡眠が足りない日の佐々原はろくに食事をしない。

「トマトはアンデスが原産だから、日本だと降水量が多すぎるんですよね。水と肥料をほとんどやらない、原産地に近い過酷な条件で育てる農法って最近わりとあるんだけど。中でも俺は生食にはあれがいいって思ってて」

ただ、店で出すにはコストがかかりすぎたのだ。もう少し客単価の設定が高めなら充分使えたはずだけれど、店長は全体的な価格路線の変更を嫌がって――思い出しかけて、律は小さく首を振った。

店長自身の手で潰した店のことなんて、考えてもしょうがない。

「食べたらわかるよ、本当に味が違うから。スイカと同じぐらい糖度があるんだけど、甘いだけじゃなくてぎゅっと味が詰まってて、匂いが濃くって。来週ぐらいに届くんだよね」

「有機栽培とか無農薬とか」

手元の本を開いて、佐々原が呟いた。

「どうでもいいけどな、俺は」

ひどく素っ気なく言われて、ちょっとむっとする。

「なんで？　俺は全然どうでもよくないけど？」

「だいたいおまえ、体にいいとか悪いとかうるさいんだよ。そのうちスローライフとか言い出すんじゃないだろうな」

佐々原が眺めている本は、前に彼の部屋で見たことがある。実際の死体の写真が沢山載っている検死官の手記だ。

「あんたは生活がひどすぎるの！　酒と煙草とコーヒーだけで何日も過ごす方が変なの」

そんな陰惨なものを眺めながら食卓についてほしくもなくて、律は声を荒らげる。自分では大人しい人間だと思っていたのに、なぜか佐々原と一緒にいると感情の振り幅が大きくなった。

「チョコレートとチーズも食う」

「こないだは丸一日食わなかったじゃん」

「一日ぐらい抜いて死ぬかよ」

「一年のうち一回じゃないだろ。俺が来る前は週に何回も抜いてたんだろ。体に悪いに決まってる」

「なんで体にいいことしなきゃなんねーんだよ」

不愉快そうに食べかけのヨーグルトを押しやって、佐々原が煙草に火を付けた。

「長生きしなきゃいけない義務でもあるのか？　んなもん個人の自由だろうが」

「……あんたが病気になったら嫌だから言ってんじゃん」

「おまえは他人の自由を侵害するわけか」

絡まれているだけだとはわかっている。別に佐々原が病気になりたいとか、早く死にたいと言っているわけじゃない。朝っぱらから資料を開いて眺めているところを見ると、昨夜は筆が進まなくて気持ちが萎《な》えているのだろう。

それでも、納得できなかった。

彼も小さいうちに親と死に別れているのに、どうして人の死についてそんなに鈍い反応をするのだろう。慣れすぎて麻痺《まひ》しているみたいだ。それが律には切なくてもどかしい。

　あのときから佐々原の母親のことは話題に上らないけれど、頭の隅にこびりついている。縊《い》死《し》した母親と、それを見た幼い佐々原。

「でも、病気は嫌だよ。自分でも他人でも」

　律は小声で言った。

「俺の父親、心臓弁膜症っていうのだったんですけど」

「昔よくあった病気だろ、リウマチとかで」

「よく知ってるね」

「一回心臓外科のこと書くんで色々調べたとき、なんかで読んだ」

　急に興味を示し出した佐々原にいくらか苦いものを感じながら、律は口を開く。

「うちのお父さんは先天性だった。子供だったから詳しいことはよく覚えてないけど、生まれ付き弁の数が足りなくて。送り出す血が漏れてて、内側が膿《う》んできちゃって」

「どういうことだ？」

「弁が閉じ切らないから、逆流する血がホースの出口を潰したみたいに勢いよく戻ってきて、心臓の中の壁に傷ができてたんだって。そこに口の中にある菌とかが付いて膿んだって聞いたけど」

「体の内側から腐ってくるっていうのはなかなか壮絶だな」

「……菌が血の中に入ったから、全身が痛くなって倒れたんです、お父さん」

父親が仕込みの最中に突然襲ってきた激痛に倒れ、調理場の床を這《は》いずって自力で救急車を呼んだとき、律は何も知らずに学校にいた。そこにも友達はいたはずなのに、その後叔母の家の近くの小学校に転校してしまって一人も顔を覚えていない。

「本当はずっと心臓が――胸が痛かったと思うんですけど、俺、全然知らなくて。お父さんも欠陥があるなんて知らなかったんだろうな。酒も飲むし、煙草も吸ってたし」

もし倒れたときに傍にいたら、と子供のときはずっと考えていた。傍にいればなんとかなったと思えて仕方なかった。自分一人がいたところで何も変わらなかったと思えるようになったのは、だいぶ大人になってからだ。

「心臓弁を交換するだけなら、危険率は五パーセントとか、そのぐらいなのかな」

「どうだったかな。そこまでは覚えてねえけど、そう特別なオペじゃねえだろうな」

「お父さんは一緒に化膿したところを取らなくちゃいけなくて、手術の成功率が五十パーセントだった。時間もかかったし」

「半々か」

「そう、半分。それは成功したんです。でも駄目だった」

「術後経過が悪かったのか」

「リハビリができるところまで快復したのに、いきなり心停止しちゃって……」

「そこまでくると運が悪かったとしか言いようがねえな、なんか」

言ってから佐々原は眉をひそめた。

「悪い。口が滑った」

煙草を灰皿に押し付けて、気まずそうに本を閉じる。

（……嫌味言う気がないときに言っちゃうと慌てるんだよな、この人）

律は薄く笑って首を振った。

「でもほんと、運がなかったんだと思う。お母さんが死んでから自分の体大事にしてる暇なんてなかっただろうし。仕事も飲食店じゃなかったら、具合悪いときぐらい休んだと思うし」

「食いもん屋だと休めないのか？」

「食材もお金も回らなくなるんだよ。日銭商売だからね、予定通りに材料を使い切らないで捨てちゃったりすると、小さい店はすぐガタガタになっちゃう」

「ああ、そういうことか」

「だからなんか、忙しいからって体調無視するような人、あんまり見たくないんだよね、俺」

「……俺が食わねえのは腹が減らないからだ」

心外そうに佐々原が目を上げる。

「ちゃんと定期的に食べてたら、時間通りに胃も動くんじゃない？」

「食うと頭が動かなくなるから嫌なんだよ」

「じゃあ、できるだけ負担にならないもん作るから、忙しくなっても食べてくださいね」

「食えたら食うよ」

言い返しづらい雰囲気を作ってしまったことを後悔するように、ふて腐れた顔をして佐々原がヨーグルトにまた手を伸ばした。

「それで、仕事はどうなんですか？」

「よくはねえな」

佐々原は相変わらず小説の話をしない。縊《くび》る真似《まね》をしていた理由を訊けないまま、律はああいう光景にはあまり出くわしたくないとだけ思っていた。


シンクの狭さや二口しかないガス台には相当慣れたものの、佐々原の家にあった家庭用のフライパンはちょっと深くていつまで経っても使いにくかった。鍋の返しがうまくいかないことに焦れた律は、朝食のオムレツ用に新しく縁が開いている鉄製のものを買ったけれど、まだ油が馴染《なじ》んでいない。

『鉄の鍋は水で洗わずに拭《ふ》いて片付けるんだよ』

子供のときに父親に教えられた通り、調理師学校でも卵用の鍋を洗うな、同じ鍋で肉や魚を焼くなと言われた。卵液は匂いに敏感だから、ひとつは専用にしなくてはいけないのだ。

律は新品の鉄鍋に油を染み込ませるのと同時に、深めのアルミのフライパンで布巾《ふきん》をひっくり返す練習をした。手元にある調理器具をしまい込んでおく気にはなれないし、そう広くない収納場所に、あまり新品の鍋を増やすつもりもなかった。

「面白いことしてんな」

はじめて練習中の律に遭遇したとき、コーヒーを取りに来た佐々原は興味深そうに律の手元を眺めていたが、何がどう面白いのか律にはわからなかった。

「そういや、あれなんつったっけ。三角の、ソースとか漉《こ》すやつ」

「シノワですか?」

「ああ、そうだった。……おまえんとこ、先に使う材料はなんて言ってた? よく一番二番って言うんだろ」

「うちも、レタスは一番から使えとかそんなんでしたけど。前に働いてた店では一番のこと兄さんって言ってたかな。新しい方は弟」

「ふうん」

その場で立ったままコーヒーを飲む佐々原は、何か考え込んでいるときの剣呑《けんのん》な目をしていた。興味を持たれるのは悪くない。それが、自分への好奇心なら。

だけど、と律は思う。

佐々原が興味を示すのは、おそらく小説の材料になる部分だけだ。食材に凝っても味付けに気を配っても、ただ「うまい」と言うだけで、どんな気持ちで律が料理を作ったのかは気にしてくれない。誰でも知っている器具の名前なんて自分とは関係ない。

どうすれば好きになってもらえるだろう。毎日それを考えてしまう。

体だけの関係じゃなくて。

親のいない者同士というだけじゃなくて。

ただ一個の人間として好きになってもらいたい。そう願うのは高望みなのだろうか。

(今日はオムライスかな……)

深いフライパンの練習にと炒飯《チャーハン》やピラフを作っていたがそれも一巡してしまい、浅いフライパンも使おうと思うとそれぐらいしか選択肢がない。幸い、グリンピース以外の材料はある。

「昼メシ食べるよね?」

チキンライスを作った時点で二階に上がって声をかけると、腹が減ったと佐々原は言った。

今日はどうやらまともに食欲があるらしい。

「五分したら下りてきて」

言って、台所に戻った律はオムレツを焼いた。盛りつけたライスの上にそれを載せ、ふたつに割り開き、ケチャップとトンカツソースをワインとバターで伸ばした即席のソースをとろりとかける。

ちょうど皿が揃《そろ》ったところで佐々原が下りてきて、食卓を一瞥するなり濃い眉を寄せた。

「……やっぱいいわ」

メシはいらないと呟かれ、慌てて律は踵《きびす》を返す男の腕を摑んで止める。

「なんで？　いい加減なんか食べる時間だってば」

「そういうもん食う気分じゃない」

「もしかして嫌いなの？」

なんならソースもケチャップかデミグラスにするし、卵も包む格好に変えるけれどと食い下がったら、佐々原が溜息をついた。

「ガキの頃は好きだった。嫌いってわけでもない」

歯切れ悪く呟いた佐々原はしばらく食卓を見詰め、諦めたように椅子を引いた。

相手が折れると思っていなかった律は焦り、テーブルに手をついて身を乗り出す。

「嫌なら食べなくていいよ」

「……食えないもんが入ってるわけじゃねえし」

「でも」

眉間を険しくさせたまま佐々原が卵と飯を口に運ぶ。手のひらが薄く湿ってくる。最初から食べてもらえないより、ひと口食べてもういらないと言われる方がダメージが大きい気がする。

何気なく作ったものなのに。

「おまえも座れよ」

ふと顔を上げて言われた。

「作り直さなくていい？」

「いい」

小さく佐々原が首を振る。

「これは食える」

自分も席について、律はおずおずとスプーンを手にした。

「オムライスなんて二十年ぶりだ。ホームに入ってからはお目にかかれなかったからな」

「そう……」

母親の味、なのだろう。痛いところには踏み入れがたくて律は黙り込む。どこかに預けられていたのだということも言葉の端ではじめて知った。地雷は思いがけないところに落ちている。

「もうちょっと重いもんかと思ってたけど」

そこでの暮らしはわからないが、呟きに含まれているものの大きさはなんとなく理解できた。子供の頃に好きだった料理を反射的に避けることに、言葉にするほどの理由はないのだろうし、言葉にすると取りこぼされてしまう感情もあるはずだ。

律の中でも父親への思いは、寂しいとか悲しいとか愛《いと》しいとか懐かしいとかが混ざり合って、うまく言葉に集約し切れない。

「ホームで頼んだことあるんだよ、誕生日に作ってくれって。でもケチャップご飯しか作ってもらえなかった」

「卵の部分がなかったんだ」

「そんときは十人近くいたから、巻くのが大変だったんだろ。全然忘れてたけど――あんとき、もう食えないもんだと思ったんだよなあ」

カツンと音をたてて、佐々原のスプーンが卵と米粒を突き抜けて皿に当たった。

「けど、たまにはいいもんだな。これはうまいよ」

唇の端に付いたソースを親指で拭う彼の頬から、ぎこちないような硬さが抜けている。

「今度、薄焼き卵で巻いたの作ってくれ。ケチャップ味のやつ」

「グリンピースは入れる？」

「当たり前だろ。あと、ハムも入れる」

「ああ、うん」

いいのだろうか。それでは思い出の再現になってしまう。戸惑う律の目の中で佐々原は優しく笑った。

「おまえとは味の好みが合うのかな、何食ってもうまい」

心臓が、ひとつ跳ねた。

いつもは佐々原の舌に合わせているけれど、これは考えた味ではない。父親が家で作ってくれた味だ。父が店で出していたデミグラスソースのオムライスより、律は即席ソースと半熟卵のこのオムライスの方が好きだった。

だから余計にどきどきする。本当に食事が合っている気がして。

「……俺の作るもの、好き?」

「ああ」

頷かれて胸が塞がった。最初からそれだけは気に入ったと言われていたのに、改めて聞くとどうしようもなく嬉しいと感じてしまう。

「あ……電話」

間を読んだように炊飯器の横で呼び出し音が鳴った。自分で好きだと言わせたくせに照れた顔を見せるのが恥ずかしくて、律は弾かれたように子機を取る。

「もしもし、佐々原です」

店名を告げるのと同じはずなのに、人の名字を名乗るのは軽く緊張する。

聞こえてきたのは綺麗な女性の声だった。

『マナカ書店の高木《たかぎ》ですが、先生……脩司《しゅうじ》さんいらっしゃいますか？』

躊躇《ちゅうちょ》があったのは、佐々原が独り暮らしだったことを知っている相手だからだろうか。

「本屋の高木さんだって、女の人」

律は小首を傾げて子機を差し出した。

「ああ、高木なら本屋じゃない。出版社だよ、マナカ書店だろ」

俺の担当だ、と言われてなんだかほっとした。佐々原はいつも仕事部屋で電話を取るから、取り次ぐのははじめてだったのだ。

「高木さん？　お疲れ様です。ええ——最近ちょっと人を雇ったんで。で？　ああ、取材ね。まだ行きのチケット買ってないから時間はわかんないんですけど」

仕事の話はわからないから、さっさと席に戻ってオムライスの続きを食べた。普段と違う少し明るい口調。煙草を吸いながら眉間《みけん》に皺《しわ》を寄せている。

なんとなく小耳に挟んだ感じからすると、どうやら佐々原は来週東京《とうきょう》に行く予定があるらしい。

上京することが多いとは聞いていたけれど、自分一人の食事を作るのはやっぱりつまらないだろうな、と律はすでに寂しさを感じていた。

佐々原《ささはら》が仕事で東京《とうきょう》に行ってしまった夜、克己《かつみ》を夕飯に誘った。

「珍しいなー、おまえが和食。ここ、はじめて来るよ」

仕事帰りの克己を捉《つか》まえて来た店は、間口が狭くて奥行きのある料理屋だった。女性客と、中年のカップルと、社内接待風のサラリーマンしかいない。ビジネススーツの克己はそれほど浮かないが、ラフな服を着た幼い顔立ちの律《りつ》は連れてこられたようにしか見えない。

「佐々原さんと来たんだ、俺あんまり和食得意じゃないし。刺身とか難しいじゃん」

衝立《ついたて》でテーブルを仕切った座敷の一角《いっかく》に案内され、律が『本日の魚』を眺めている間に克己は上着を脱いで、日本酒のメニューを睨《にら》んでいた。

「今日は顔色いいな、律」

注文の品が運ばれてきて、改めて何かを確認するように克己が呟《つぶや》いた。

「うん、調子いいよ」

律はすべすべした手触りの割り箸《ばし》を手にする。抱えるほどの鉢《はち》に砕いた氷が盛られ、その上に魚や貝の刺身が並んでいる様子は花籠《はなかご》に似ていて綺麗《きれい》だった。

「家ん中のことなんかやることないと思ってたけど、きちんと家事しようと思ったらけっこう仕事あるんだよな。退屈しない。あの家荒れ果ててたし」

「居づらくないいんだ、あいつんとこ」

すんなりとした指でガラスの酒器をつまんで、克己はひと口食べるごとに酒を飲む。

「なんか慣れた。締め切り前は近付かなきゃいいとか……なんでそんなに顔見るの」

「いや、電話だけじゃわかんないからさー、色つやいいな」

「もう復活したって。克己はどうなの、ちーちゃん怒ってたんだろ」

克己が律にかかりっきりだったひと月半の間放っておかれた克己の恋人は、だいぶ機嫌を損ねていたとあとから聞いた。

「怒ってないよ、もう。律に嫉妬《しっと》するような女だったら付き合ってられないし」

「おまえってときどき冷たいな」

「俺のこと優しいと思ってる奴の方が少ないの。つーか、佐々原と寝たんだ」

「は……？」

淡々としたペースを崩さないまま彼女の話の続きみたいに言われて、ぴたりと手が止まった。

「ばれないと思った？」

「匡史《ただし》さんから聞いたのか？」

佐々原から匡史へ、匡史から克己へ。それしか秘密の流出経路が思い付かずに言うと、ふうっとかすかに溜息《ためいき》をつかれた。

「俺がおまえの顔色読めないわけないでしょ。そんなつやつやしちゃって」

醤油《しょうゆ》皿《ざら》の表面にじわじわと脂が滲《にじ》み出していくのを見ながら、律はすごい勢いで言い訳を考えた。これは別の男とだとか、ただの片思いなんだとか。

親友の兄の親友とひとつ屋根の下で愛欲まみれになってます——とは、相手がいくら克己でもさすがに言えない。

いや、克己だから言えない。一柳《いちやなぎ》兄弟はそれぞれ、確実に一部当事者なのだ。まだ片思いかも知れない状況で、体だけの関係だと知られるのは恥ずかしすぎる。

「ぐるぐるしないで、律。ごまかされてやれないから」

「寝て……ない」

「無理だって。そのマグロ、ヅケになっちゃうよ？」

手酌でくいくいと酒を飲みながら、克己がかすかに口元で笑う。彼のレパートリーの中ではかなり悲しそうな顔だった。

「おまえね、セックスが充実してるときってつやつやしてんの。好きな相手といいセックスしてるときの顔って、ほんとわかりやすい」

「泣かないからわかりにくいって言ったくせに」

いままでだって男関係は全部知られているのに、今日はいたたまれなくて親友の目を見ることができない。

「それは辛《つら》いときの話。悲しいとか苦しいとかが、どのぐらいのレベルなのかわかりにくいんだよ。我慢することばっか得意だもんね」

子供の頃のことだ。親戚《しんせき》の家に引き取られて萎縮《いしゅく》して必要以上におとなしかった律を、克己は知っている。

「別に……寝てるからだけじゃなくて」

律はどうにか弁解したくて言った。

「なんかこう、役に立ってる感が嬉《うれ》しいんだよ。だから、それだけじゃなくて色々調子いいんだと思うけど」

「そりゃおまえ、バイトなんだから役に立たないでどうすんの」

アルコールでは顔色の変わらない克己の涼しい目元が、うっすらと吊《つ》り上がる。

「だけど、こんな落ち着いて暮らすのははじめてっていうか……」

「それはいいよ。おまえが元気になったのはいいけど——あぁ、クソ」

平坦《へいたん》な調子のまま不意に語尾だけ吐き捨てて、克己が乱暴にネクタイを緩めた。

「失敗した。どうせあいつに手ぇ出されたんだろ。どんなに好みの奴でも、おまえ自分からいかないもんな」

「まー、うん、そうだけど」

「まさか佐々原が男にまで手ぇ出すと思わなかった。誤算だ」

卓を叩《たた》く克己の指先は憤っているのに、早口にもならない。

「やっぱりまずいよなー……匡史さんの友達なんて」

「別にそれはいいんだけど」

「でも俺のこと知ってても、匡史さんだって友達がいきなり男と付き合いはじめたら、さすがに引かない？」

「だから兄貴のことはいいって。俺が心配してるのはおまえ」

ぴしりと指を差されて耳が火照った。克己は本気で言っている。少なくとも律の方は本気だと感付かれているのだ。

「……また相手がストレートだから？」

はぐらかすのを諦《あきら》めて、律はおとなしく親友の話に耳を傾ける。

「それもそうだけど、おまえが遊ばれて捨てられるのが心配。あいつ次々オンナ替えるし」

「いまは付き合ってる人いないみたいだったけど」

「おまえテレビもネットも見ないもんなー。けっこう女優食ってるから話題になるのに。そんで飽きると捨てるの、すぐ。ネタにならない付き合いは三回までだって」

「………そうなんだ」

ネタにならない、というひと言はひどく胸に堪《こた》えた。ろくに人交わりをしない佐々原が誰かと近付くのは、やっぱりそれが理由なのだ。

「もう三回やっちゃった？　それでまだ続いてるなら遊びじゃないかもしんない」

ガラスの器を空にして克己はふっと息をつく。

「けど佐々原って、結局一生一人の女のことしか愛せないっぽいんだよなー。……葉子《ようこ》さんのことは聞いたか？」

「ヨーコ？　誰？」

「自殺しちゃった人」

律の父親の話には触れたがらないくせに、克己は至極平然と言った。

「それは、知ってる。首……吊《つ》った人」

「そっちじゃない。それ、お母さんでしょ」

「他にもいるの？」

「だから、葉子さん。あいつの奥さん。知らない？」

「は……？」

　思いがけない奥の手に律は愕然《がくぜん》とした。

「幼なじみっていうか、小さいときからずっと一緒にいたわけあり同士だったんだけど。佐々原が高校生んときにはもう二人で暮らしてたよ、うちに二人で遊びに来たの覚えてるもん」

「それ、え？　その人も……自殺、しちゃったの？」

　まさかと思った。一人の男の人生の中でそう繰り返されるようなものじゃない。最愛の女の自死なんて二度もあっていいはずがない。

「四年前かな」

　混乱している律の耳に、克己の言葉がさっくりと突き刺さる。

「——なんで？」

「鬱病《うつびょう》だと思う。たぶんお母さんもそうだろうけど」

　ぱちんとスイッチを入れたみたいに、ひとつの光景を思い出した。はじめて佐々原と会った日の台所で、テーブルに律が置いたコーヒーカップがあった。

――悪趣味だな、そのコンプレックスは。親とは寝るもんじゃない。

――でも、奥さんが母親に似てるとかってよくあるじゃないですか。そういう感じだと思う。

あのときの彼の不可解な表情だ。

「佐々原はそんときすっかり売れっ子作家ってやつだったし、有名人の嫁の自殺ってそこそこショッキングだし。マスコミに追っかけ回されて、東京にいるのが嫌になって地元に戻ってきたんだよ。あいつ自分のこと喋るの嫌いでしょ」

克己は相変わらず淡々と言葉を継ぐ。

「でも、そんな、二人も」

「きついでしょ。きついんだよ。さすがにこっち来てからしばらくは使いものにならなかったみたい。俺まだ学生で県外にいたから知らないけど、兄貴が一年ぐらいあいつんちに通い詰めてたらしいもん。メシ持ってってたり病院連れてってたり」

新しい酒が来て、克己が律の猪口《ちょこ》を取り替えた。

「今度のあいつの映画――あいつの原作ってだけだけど、あれの主演女優知ってる?」

「たぶん言われてもわかんない、けど」

「水越憂理《みずこしゆり》。顔がちょっと似てんだよね、葉子さんに。だから呪《のろ》いだって言ってんの、俺」

「すっごい……重いんですけど……」

驚いて思考停止に陥っていた頭が動き出して、いまの話はなかったことにしたがっている。

それぐらい、痛い。

母親の話だけでこれ以上ないぐらい痛かったのに、まだ胸には痛む余地があったらしい。

「おまえ不倫はもう懲りてたじゃない、最後の方はずっと疲れた顔してたしさ。俺またあんな律見るのヤだし。人のもんに手ぇ出したり出されたりするのは反対だな」

「でも――不倫じゃないよね？」

「死んだ人には勝てないよ、律」

「でも……っ」

好きだからこんなに痛いのに。好きになってしまったから、抱えている傷ごと佐々原を包んでやりたいのに。

「俺はおまえが辛くないならなんだっていいけど。まあとりあえず、律を弄《もてあそ》んで捨てたらコロスって言っといて、佐々原に」

「言えるわけないだろ、そんなこと」

「だったら俺に心配させんな。ほら、食べて。甘エビ全部取っていいから」

「エビ嫌いなくせに」

恨みがましく睨むと、克己はほんのりと優しくて寂しい顔をしていた。

佐々原の中には死んだ女が二人いる。だけど家の中のどこにもその痕跡《こんせき》はない。

昨夜克己に教えられてから、そのことばかり考えている。

律はいつも通り届いた郵便物を開封してダイレクトメールと仕事用に分け、宅配便で届いた本と一緒に佐々原の仕事部屋に運んだ。仮眠用のマットレス。その上でぐしゃぐしゃになったタオルケット。周りに山積みになった本。広げられた何十枚かの紙。パソコンデスクの横の書き物机は、封書とやはり紙と本とで埋まっていて使えない。

散らかりまくったこの部屋だけは触らせてもらえないから、棚の埃《ほこり》や曇りガラスのような窓が気になった。

そしてどうしても本棚の、ヤニで背表紙が汚れた一冊に視線が止まる。

——『百年廃墟《はいきょ》　佐々原脩司《しゅうじ》』

この本の中の女を演じる女優が、佐々原の妻だった人に似ているのだ。

「葉子さん、か」

本を手に取ろうかどうしようかとしばらく迷ってから、やめた。

まだ知りたくない。まだその人の分まで受け止め切れない。

「四年前って、ついこの間じゃん……」

二十年前の出来事は『もうなんともない』のかもしれないが、最愛の人の死を乗り越えるには短い。

（時間の問題じゃないけど、でも）

――佐々原って、結局一生一人の女のことしか愛せないっぽいんだよなー。

たった一人の女を心臓に棲《す》まわせている男。恋をするには重い相手だ。

（好きになっちゃったから手遅れだけど……）

嘆息して部屋を出る。自分の愚かさに呆《あき》れていた。もっと楽しいだけの恋愛はいくらでもあるはずなのに、いつも苦しい相手を選んでしまう。これもある意味呪いではないか。

「傍《そば》にいたいだけなのにな」

いないと困ると言ってくれたし、と空《むな》しい気持ちを慰め、洗濯機のスイッチを入れて六畳の自室に戻る。

昨日は本屋で、これまでだったら読まなかった種類の料理本を買ってきた。『からだにやさしいおいしいごはん』。畳に腹這《はらば》いになって佐々原が食べてくれそうなレシピを眺めていたら、すぐ脇《わき》の玄関で引き戸がバシンと閉まる音がした。

「もう帰ってきたんですか？」

急いで襖《ふすま》を開けて顔を出すと、廊下にカバンを投げ出した佐々原が顔をしかめた。

「帰っちゃまずいのかよ」

「や、思ったより早かったから」

佐々原が出かけたのは昨日の昼で、これでは東京に行って泊まってそのまま帰ってきたとしか思えない。

「ちょっと入れろ」

慌てて帰宅しなくてはいけないほど締め切りが迫っているのだろうかと、少し心配になった律の部屋に佐々原がずかずかと入ってきた。

「どうしたの？」

タクシーや飛行機の中で背に皺《しわ》が付いたスーツの上着を脱ぎ捨て、部屋の隅に畳んでおいた布団を放り投げるように広げて、無言の佐々原がそこに倒れ込む。それからごろりと仰向けになって、なんのつもりかわからずに戸惑う律に手を差し出してきた。

「ここに来い」

呼ばれて近寄り、布団の端に膝《ひざ》をついたら抱き締められた。

「疲れた」

律を胸に抱え込んで佐々原が呟く。

「……少し寝たら？」

「おまえと？」

からかう口振りに呆れて溜息も出なかった。

「そうじゃなくて。座ってばっかで疲れたんでしょ、東京往復したんだから。ちゃんとベッドに行って寝た方がいいですよ」

「ただの気疲れだ。こうやってれば治るから……」

肩口に額を擦《こす》り付けて甘えてくる佐々原が恐ろしく可愛くて——苦しくて、気が遠くなりそうだった。佐々原はきっと葉子にもこうやって甘えたのだ。

「向いてねえんだよ、俺は。人に会って嘘八百並べてっつーのは性に合わん。疲れる」

「佐々原さんでもそんなことするの？」

背と腰に回された腕にきゅうっと力がこもって、実際そんなものは持っていないのだが、彼のお気に入りの毛布や枕《まくら》やぬいぐるみになった気がする。

「人が大勢絡む仕事だからな。俺だけならインタビューなんか受けないんだが」

「映画の仕事だったんだ」

「ついでにまとめて打ち合わせとかやってきたけど、メインがそれだった。キャストに思ってもないお愛想言ったりなー」

女優に会ってきたのだ。葉子という女に似た女優にも。

一緒に作品を作っているのなら当たり前だと納得しているのに、わかっていることで容易《たやす》く辛くなるのが不思議だ。

「あんたの愛想なんていらないいんじゃないの？　想像できないよ」

「嘘でも言わねーとまずい雰囲気ってのがあんだよ」

「わりと真面目なんですね」

「いくら俺でも他人のメシの種潰《つぶ》したりはしない。映画が当たろうがこけようがどうだっていいなんて、作ってる奴らの前じゃ可哀相で言えないだろう？」

「佐々原先生だもんねー」

ふっと笑った佐々原に唇にキスをされた。不意打ちに、泣けないのに泣きたくなる。

「俺の本読んでもねーのに先生って言うな。どうせなら名前で呼べよ」

首にくちづけながらからかわれて、ずるいと思った。

(俺いま暗い顔してるはずなのに)

人を書くほど聡《さと》いくせに、気付いていないのだ。

「名前って……それって恥ずかしくないですか？」

下の名前で馴《な》れ馴れしく呼んだりしたら、心の距離がなおさら縮まってしまう。

「おまえ滑舌悪いもん、ササハラサンてうまく言えてねーだろ」

「そうかな？」

「そうだよ。脩司って言ってみな」

触れ合った唇の隙間《すきま》で、秘密のように囁《ささや》かれた。舌先に直接流れ込む声と首の後ろに当てられた大きな手のひらに、頭の中心が捉《とら》われて抗《あらが》えない。

「ン……。しゅうじ、さん……？」

自分から差し入れた舌をほどいて素直に従うと、案の定、体の中から溶けそうになった。

「ああ、いいな」

嬉《うれ》しそうに笑われて瞳の奥がじわっと熱くなる。

優しくするなんてずるい。佐々原にどう思われているかもわからないのに、とろとろになった心臓が好きになってもらえたのだと信じてしまう。それが苦しい。どこまで夢中になるか自分でも予想できない。

だけど、克己の言葉が深く引っかかっていた。

——もう三回やっちゃった？

抜けない棘《とげ》みたいに、流されそうな意識がそこで滞る。

三回どころの話じゃない。それは要するに『使える』存在だということではないのだろうか。もういっそそれでもいいと言ってしまいそうだけれど、どうしても寂しさが拭《ぬぐ》えない。

「脩司さん、ね。俺のこと、いつ書くの？」

服を脱いで覆い被《かぶ》さってくる男に、律は怯《おび》えの滲《にじ》んだ小声で問いかけた。

「ああ？」

不意打ちを食らったように佐々原が眉をひそめる。

「ネタにならない相手とは何回も寝ないって……克己に聞いた」

「んなことだけでこんな甘えたりしねえよ」

律の不安を容易く一蹴《いっしゅう》して、佐々原が首に噛《か》み付いてくる。甘い痺《しび》れが走って律はきつく目を閉じた。

（きっと俺、怖すぎてなんも考えられなくてどんどんバカになってるんだ。この人にこうやって触られ慣れて気持ちよすぎて脳細胞がどんどんどんどん弾けちゃってるんだ）

律を抱くことに慣れた男はためらわずに性器を口に入れたりするし、拓《ひら》かれた体は佐々原のものを痛みもなく受け入れてしまうし、これ以上馴染《なじ》んだら離れられない。

「んっ、…………は、ぁ、あ、いい……」

奥で強く脈打つ感触があって、律は詰めていた息を吐き出した。

（ああもう、中出しされるのも慣れちゃった……）

深いところをびしょびしょにされる快感を覚えた体は、それがないと物足りないぐらいになっている。

たぶんもう、他の男とは寝られない。寝たくない。

（でもこの人が愛してるのは一人だけなんだ）

抱かれている間は遠ざかっていた思考力が戻ってきて、我ながらいい加減にしてくれと思った。こういう自分が本当に嫌いだ。目の裏側も頭もガンガンする。

「おまえ――何、どうした？」

耳の下に唇を押し当てて息を整えていた佐々原が顔を上げて、驚いたように律の顎《あご》を摑《つか》んだ。

「わかんな……わー、何コレ、涙出てる」

異変を感じて痛む目元に触れた指が濡《ぬ》れ、律も驚く。

「俺の方がわかんねーよ。なんで泣くんだよ、どうしたんだ？」

最後に悲しくて泣いたのは十年以上前だった。どれだけ辛い恋でも、男絡みで涙が出たことはない。忘れていたものを不意に突きつけられる衝撃を受けながら、律はひとつしか思い当たらない理由を口にする。

「あ……あんたが、あんたに奥さんがいたって……考えたら、なんか」

堪えようとすると息がおかしな具合になることも忘れていた。

「はァ？　いま頃何言ってんだ。誰でも知ってるぞそんなこと」

「だ、……っ、だって俺、知らないし」

まともに喋れないことに苛立《いらだ》って、深呼吸を繰り返す。

「有名なのかもしんないけど、あんたのことだって、こないだまで全然知らなかったし」

「そりゃ……まぁなんとなくわかってたよ。知らないもんはしょうがねぇ」

「あんた俺のことすげーバカだと思ってる」

「思ってない。勘がいい奴はバカじゃないよ」

静かに伸び上がってきた佐々原に唇を塞がれたが、言葉が止まらなかった。涙なんか出るから悪い。

「克己が教えてくれなかったら、結婚してたなんて知らなかった。葉子さんのこと、知らないであんたのこと好きになったんだ」

ごしごしと目を擦りながら言い募ると、佐々原の眉がぴくりと動いた。水を湛《たた》えて霞《かす》む視界でも、痛いような表情が読めた。

「おまえはどうしてやってる最中にそういう話をするんだろうな」

低く掠《かす》れた呟きにほんの少し陰がある。

「好きとか言うな、ややこしい。わかってても昔の女の名前と一緒に言われたくねえぞ」

少しだけれどそれは暗くて冷たい。こんな顔をさせるつもりじゃなかった。

「俺の頭が悪いからだよ……」

律は倦《う》み果てた自己嫌悪を通り越して、ほとんど絶望しかける。勝手に動く唇をできれば縫い止めてしまいたい。いっそ喉《のど》を潰してしまいたい。

絞殺の真似事《まねごと》をしていた佐々原をいまなら違和感なく理解できそうだ。

「違うって、おまえの悪いとこは頭じゃなくて考え方だろ。あー……葉子な……」

萎《な》えた性器が出ていく。精液がどろりと流れ出してシーツを汚した。

「子供のときからずっと一緒だったって、聞いた」

佐々原の体が離れると鳥肌が立つほど寂しくなった。中に肉がないのも胸に彼の重みがないのも耐え難い。

律はのろのろと寝返りを打って、まだ佐々原を欲しがって緩んでいる場所を隠した。

「あれとはホームで会ったんだ。俺よりひとつ年下で、赤ん坊の頃からほとんどそこで育って、ろくに喋らない女だったよ」

背中しか見えない佐々原が放り出していたスーツを引き寄せ、ポケットから取り出した煙草《たばこ》に火を付ける。煙草を吸わない律の部屋には灰皿代わりの小皿があった。

「俺たちはたぶん波長が合ってたんだろうな。葉子は閉じたガキだったけど、俺は最初からあれの言葉がわかった」

佐々原が首を傾けて、律の体液が乾いたばかりの指でうなじをさする。無意識の仕草が、葉子という女の顔をありありと思い出しているのだと教えていた。

「たとえば心臓とか角膜を共有してるような感じで、あれが感じることは俺も手に取るようにわかるし、俺が何か言う前にあれもこっちの感情を理解してた。だから一緒にいた。同じだと思ってたんだ、俺たちは。二人で一個の人間だと思ってた」

そんなにも他人と同化した経験はない――と律は思う。

克己はなんでもわかってくれるけれど、心臓を分け合う感覚なんて想像の埒外《らちがい》だ。

「……ガキの妄想だったけどな」

付け足された言葉は、聞いている律の胸が軋《きし》むほど乾き切っていた。

「でも、だから……離れられない相手だから結婚したんだよね？」

「入籍したのは、別々の人間だって気付いたからだ」

「……？」

「大人になったっていうか、な」

汗が引いてうっすらと寒い。壁際に追いやられているタオルケットを取りたかったが、頭も体もひどく重くて指先ひとつ動かすのも億劫《おっくう》だった。

「俺はガキの頃からとにかく稼ぎたかったんだ。人よりも稼いで、一秒でも早く父親に金を返したかった」

「お父さん、いたんだ」

律は裸の肩を抱えて呟く。親がいないと言っていたから、てっきり自分のように両親を亡くしたのだと思っていた。

「いた。俺の母親と別れてから別の女と結婚して、子供が二人いる奴だった。母親の葬式ではじめて会って、すぐに俺をホームに入れてくれたよ」

「ああ、そういう……」

「誤解するなよ、悪い奴じゃない。俺が高校まで行けたのはそいつのおかげだ」

肩越しに振り返った佐々原が、ちらりと笑って煙草を置いた。

「そこには中学卒業までしかいられなくてな。父親にはアパートも借りてもらってた」

手を伸ばして拾ったタオルケットを、無防備な腹に投げてくれる。

それは心ある気配りだったのに、ありがとうと言う前に再び背を向けた彼の口調からは、また特別な感情が抜け落ちていた。

「その狭い部屋であれと二人だけで暮らしはじめて、学校行って、働いて。楽しかったけど、俺ん中では他人《ひと》の金で生きてるって負い目があった。バイト代だけじゃ生活費にしかならなかったからな。なんでもいいから一発当てて、あいつから借りた学費やなんかをきれいさっぱり返しちまいたかった」

おそらく佐々原は、父親を憎んでいない代わりに愛してもいないのだろう。

（悪い奴じゃないって……遠い人なのか）

親切な他人にならば謝意を忘れずにいたのかもしれない。父親だからつながりを消したのだ。

その男はすでに彼の人生から閉め出された存在、そんな感じがする。

「俺に小説を書けって言ったのは葉子だよ。金がないから映画も音楽も手が出なかったけど、本だけはよく読んでたんだ。いい考えだと思ったな、学歴も資格もナシでやれるし、俺は喋るより文章の方が得意だったし」

会話の少ない女と寄り添っていた片鱗《へんりん》を覗《のぞ》かせて、佐々原は不意に声を落とした。

「いざとなったら、俺には母親が自殺したって切り札もあったしな」

「切り札……」

はっきりとした暗い自嘲《じちょう》は律を震えさせた。

「一発屋狙《ねら》うにはなんか要るだろ。差別化できる肩書きが。――まあ幸いちょっと派手な賞が取れたから、そのカードは使わないで済んだけどな」

会ったばかりの頃に他人の体験をネタ呼ばわりする佐々原を不謹慎だと思ったけれど、彼にとってはなんでもないことだったのだ。たった一本の小説を書くと決めた時点で、自分を売り払う覚悟ができていたのだから。

「最初はただの賞金目当てだったが、デビューしてみたらバカみてーに仕事が来た。十九のガキがいきなり先生呼ばわりされてな。あのとき、俺の頭の配線がちょっとズレたんだ。どんどん仕事のことしか考えられなくなって」

煙草を消した佐々原が両手で頭を抱える。

律は真っ黒な髪に差し込まれた指を見ていた。

「あれが、俺にまで無口になってるって気付かなかった」

長い指で掻《か》きむしるように髪を摑む佐々原の声は、不釣り合いに静かだった。

「東京に行って一年経ったら葉子が結婚したいって言い出した。俺は金ができて余裕ができたからだと思ってたけど、違ってた。紙切れでもいいから残さないとまずいって状況になってたんだ」

気付かなかった、と繰り返す男の背が血まみれに見える。

頭を垂れた佐々原の広い背中。頑丈な背骨と滑らかな筋肉が、あるはずのない血で真っ青に染まっている。

「働いて付き合いで飲み歩いてまた働いて――名前が出りゃあ本が売れるからマスコミも避けなかった。芸能人とか女優相手のくだらねえ噂話も放っておいた。あれが俺と同じものを見てないって知らずに、まだおんなじ心臓を持ってると思い込んで」

違う、これは涙だ。タオルケットを肩に引き上げながら、律は心の内で呟く。

血を流す心臓は彼の半分だった女が持っていってしまった。肋骨《ろっこつ》の中の空洞に佐々原も流せなかった涙を溜《た》め込んでいる。

「あれが死ぬ前、新しいマンションに引っ越したんだ。広くて部屋がいくつもあるようなところに。そしたら二ヶ月後に死んだよ、ベランダから飛び降りて。引っ越しなんかで鬱が悪化することとあるんだってな」

絞り出すような語尾が凍りかけた胸に刺さった。新たに湧《わ》き起こってきた鋭い痛みに、律はぎゅっと眉根を寄せる。

「俺のせいだ」

何も言えなかった。

「俺といなかったら、葉子は死なずに済んだ」

枕に顔を押し付けて、はじめて声を殺して泣いた。

どうしようもなく溢《あふ》れてくるこの涙が、同情からだとは思われたくなかった。佐々原の身の上はもちろん言いようがないほど可哀相だけれど、これは憐れみではない。

半分欠けた心臓を埋められないことが悲しくて、痛いのだ。

「泣くな、バカ」

気配で振り向いた佐々原が苦く笑った。

「偉そうに人のことで泣くんじゃねえよ、てめえだってトラウマ持ちだろうが」

わざと明るい声を出して背中にのし掛かってくる。

「あんたじゃない。俺が可哀相なんだよ」

「へえ?」

タオルケットごと抱かれて仰向けにされ、こめかみに柔らかな温度を感じた。流れ落ちる雫《しずく》を唇で拭われて、律は濡れたまつげを上げる。

「こんなに好きだ愛してるって聞かされて……可哀相だ、俺。俺じゃその人の代わりになれないのに、あんたのこと好きなんだ」

「なんだよ、俺はおまえのこと好きだよ? 惚れてなきゃ男となんか寝ねえよ?」

大きな手のひらが慰めるように髪を撫でる。

「おまえのメシは一番うまいしな」

愛想と嘘八百も吐き出せる佐々原の舌は、煙草の苦い味がした。

その夜また、千回ぐらい見てきた気がする夢を見た。

「――――おとうさん……っ」

小さく叫んで跳ね起きる。懐かしい悪夢の寝覚めはいつも同じだ。息が苦しい。

「あー……またかよ」

喘《あえ》いで、律はぐったりと枕に頭を預ける。昼に佐々原と寝たあと取り替えたシーツが、細い背の下でもう湿っていた。

「もういいって」

すぐ帰るよ、という父の声が耳の底に残っている。

十四年も前のひとつの場面は、何度リピートしてもまだ擦り切れないようだ。よく飽きもせずに同じ夢でうなされるものだと思うが、『心臓』と『死者』の組み合わせは確実に父親を連想させるキーワードだから仕方がないのかもしれない。

「なんていうんだっけ、こういうの。符号？　符帳か……？」

二分の一の確率の心臓手術は成功したのに、帰ってこなかった父親。

『半分だけでもいいから帰ってきてよ、ぼくのお父さん返してよ……！』

四十だった父が二十年分の記憶をなくしていてもいい、体が半分だけだっていい。子供だったから本当にそう思って泣いた。

『お兄さんは――りっちゃんのお父さんは、お母さんのところに行ったのよ』

同じだけ悲しんでいる叔母の言葉を飲み込めるようになったのは、『半分』がありえないと理解してからだった。確率は関係ない。死んだ人間は生きていない、それだけだった。

「あぁ、――苦し……」

これではあの世にいる両親が心配する。父は人生で一番好きだった人と再会して、息子のことなど忘れているかもしれないが。

佐々原は何度こんな気分になったのだろう。

「ほんともう……なんか死人が多すぎるって。なんなんだよ」

死んだ女を抱え続ける男は余計に父親を思い出させる。

父は亡くした妻のことをいつまでも愛しすぎていて、律が母親のことを何も覚えていないと言うと少し泣くこともあった。あの頃、まるで母の幽霊と暮らしているようだと思っていた。どうしたら父親を独り占めできるのだろうと思っていた。

（もしかして、またお父さんに似た人ってことになるのか……？）

気付いて不意に怖くなる。仕事も違うし、外見は少しも似ていないのに、佐々原と葉子の間に入れない感覚は昔と同じだ。

(でも)

——人のことで泣くんじゃねぇよ。

佐々原の声が脳裏に浮かんで、父とは違うと首を振る。記憶を分け与えようとしていた父親と違って、彼は己の中だけに死者を埋めている。

(でも……?)

こんなに亡霊だらけなのに、佐々原はいまも虚構の死人を増やし続けている。それは母親の名前を律の頭に刻み込もうとした父の行為とよく似てはいないだろうか。

二階でモニタを睨んでいる男の背をまぶたに描いて、律は両腕で顔を覆った。

「やめた」

もう考えたくない、考えるなと言い聞かせる。

「いま生きてるのは俺たちなんだから」

息をひそめると真夜中の静寂がぴったりと鼓膜を塞ぐ。真っ暗な部屋の四隅のどこにも、誰かがたたずむ気配はなかった。

そんなふうに、考えないと決めてからしばらくは楽だった。

恋情を隠す必要も、何かに遠慮する必要もなくなったからかもしれない。

佐々原はまた馬鹿みたいに忙しい時期に入って、高価なトマトやオムライスどころか食事自体を無視するようになったが、居場所がないような不安は訪れなかったし、夢も見なかった。

おそらく本当にここにいることに慣れたのだ。

「――ん。ちょっと固い……っと」

室温に戻り切っていないバターとロックフォールチーズをスプーンで混ぜ合わせようとして、カップから塊を落としそうになった律の指が汚れる。

なんでも食べると言ったけれど、やっぱり佐々原はクセのある味付けの方が好きらしい。締め切り続きで胃が荒れているだろうと優しい味のものばかり出していたら、昨夜は物足りないと言われた。

「ちゃんと食うだろうな」

熱いパスタにゆるくなったブルーチーズを絡めながら呟《つぶや》く。

「あったためなおせないんだから、これ」

盛りつけ終わった皿を並べ、食事の用意をすっかり調えて、二階まで「ごはんですよ」と呼びに言ったら佐々原は電話中だった。

「ああ——締め切りは終わったよ、すぐ次だけどな」

仕事部屋の襖《ふすま》の向こうから、穏やかな笑い声が聞こえる。

「え？　はは、もうすぐ会えるだろう？　我慢しろよそれぐらい——わかってるって、愛してる愛してる。ユリ、こら、聞いてんのか？」

ひくっと立った耳に届いたのは、聞き覚えのある名前だった。

（ユリ……水越憂理、だっけ）

盗み聞きが気まずくて、わざと音がするように襖を開く。

「ばかだな、本当だって……うん？　俺が言ってるんだから信じろよ。おまえでなきゃ駄目だ。わかった？　じゃあ東京でな」

侵入者を気にも留めず、まったく優しい声音で話を終えた佐々原と目が合った。

「昼メシ、食べられる？」

律は肩を強張らせたまま、反射的にそれだけ言った。

「ちょうど区切りだ」

作業中のデータが保存されていることを確認して、パソコンの電源を落とさずに佐々原が立ち上がる。揃《そろ》って台所に下り、向かい合わせでテーブルに着いた。

「変な顔してんな。どうした？」

パスタをフォークで巻き取りながら、佐々原がふと目を細める。

「別に」

固まっている頰《ほお》の辺りに手の甲で触れて、律は自分がひどく動揺しているのだと知った。

「あんたがあんまり優しい声で喋《しゃべ》ってたから、びっくりしただけ」

「よそゆきだもん。機嫌損ねると面倒な相手なんだよ、仕事は仕事だしな」

「仕事相手に『愛してる』って？」

「妬《や》いてんのか？　可愛い顔して」

「変だって話。普通女の人にそんな気軽に言わない」

「あんなもんただの挨拶《あいさつ》だ」

「そんな挨拶する国ないです」

「じゃあ『ただの嘘』だ。機嫌良くやってもらうにはなんでも言うさ」

掬《すく》い上げるように佐々原の目を見て、律は黙り込む。

（あれが嘘の声？　相手はそれ、知ってるの？）

たぶん自分なら騙《だま》される。もう騙されているのかもしれない。好きだと一度は言われたけれど、本心かどうかなんて絶対にわからない。

（あ……駄目かも）

舌の上までごわごわしてきて、噛《か》んだパスタが飲み込めなかった。自身の正直すぎる反応に惑って律はごくごくと水を飲む。佐々原が電話をしているから悪い、チーズが冷めてしまったから食べられない、そう思いたかった。

「そうだ、今週また東京行かなきゃなんねーんだ。おまえも一緒に来いよ」

「どうしてですか」

「ゲーノー人とか見せてやろうと思って」

「いらない、そんなの。わかんないし」

「でもおまえ、憂理のこと気になってるよな」

人の悪い笑みで言われて溜息《ためいき》が出た。それを認めたくなかったのに。

「……あんたときどきすごい意地悪だよね」

「だいたい優しいだろう？」

「セックスのときはね」

あまりに痛みはじめた胸をごまかすために言うと、佐々原は小さく笑い声をたてた。

嫌だと言っても聞いてくれないのはわかっているから、律はおとなしく東京に同行した。羽田《はねだ》から新宿《しんじゅく》までタクシーを使う佐々原に勿体《もったい》ないと文句を言いたかったのに、不機嫌だったから言えなかった。佐々原は飛行機の小窓から雲海を見ている間は楽しそうだったけれど、空港を出るまでに仏頂面になったのだ。

「迎え？　いいですよ、もうタクでホテル向かってる。うん、ごめん。一人連れてるからよろしく。じゃあまたあとで……はい、失礼します」

隣に座る佐々原がまた聞いたことのない調子で電話をしている。厳しい眉間《みけん》とはちぐはぐの明るい穏やかな口調。

(別に、顔色変えずに嘘をつくってわけでもないんだ……)

横目に見ていたら、電話を切った佐々原が「担当」と呟いた。

「高木《たかぎ》って編集者だよ。知ってるだろ」

一度取り次いだから名前だけは知っているが、どうしてわざわざ相手を教えるのだろう。しかもご機嫌斜めなときに。小首を傾《かし》げて、ふと思い当たる。この間、女優からの電話を自分が気にしたせいかもしれない。

「さっき水買ったよな、おまえ持ってる?」

「ん。はい」

言われて律は膝《ひざ》に抱えたバッグの中からボルヴィックのボトルを抜き出す。佐々原がスーツの内ポケットから銀色のシートを取り出して、白い粒を一錠唇に滑り込ませた。

(薬……? なんの? 食後じゃなくていいのかな?)

不思議そうに見ていたら、キャップを閉めたペットボトルを座席に置いて佐々原が笑った。

「酔い止め」

「車ダメなら電車にすればよかったのに」

「駅の方が酔うんだよ、人が多いところ嫌いなんだ」

「あ、そう?」

人酔いという言葉なら聞いたことがある。匡史がいつか佐々原のことを繊細だと言っていたのはこういうところなのだろうか。

だいぶなんでもわかったと思っていたけれど、まだ知らないことは多そうだ。

「東京、どの辺に住んでたんですか?」

「辺鄙《へんぴ》なとこ——うー、眠くなってきた。着いたら起こしてくれ」

言いたくないんだ。

詮索《せんさく》されたくないんだ。

葉子という禁忌を思い出して律は口を閉ざす。

タクシーは黙ったままの二人を、西新宿《にししんじゅく》の高層ホテルに運んだ。


ホテルの部屋に入ると眩《まぶ》しかった。ライトがあってカメラがあってごそごそ動く人間たちがいるスイートルーム。高級だけれど最高級ではない部屋だと律にもわかった。

「先生！　いやーどうもお疲れ様です」

ドアを開けて佐々原の荷物を奪ったのは口髭《くちひげ》の男だった。髭がなくてもたぶんそう若くない。

「あなたこんなとこで何やってるんですか、編集長」

「見学。見物」

見下ろす佐々原の顔は冷たく見えるぐらいだったが、相手は気にしていないようだった。これが佐々原の普段の『外面』なのだろう。

「僕も生の水越憂理見たくってね。はは、お恥ずかしい」

男の言葉にどきっとして、律は広々とした室内を見回した。豪勢な花とオードブルの載ったルームサービスのワゴン、足音を吸い込む絨毯《じゅうたん》。得体の知れない人たちと機材。

この部屋の——どこかに水越憂理がいる。

「高木くんはすぐ来るよ、何飲む？　コーヒー？　紅茶？」

「水越さんと同じものでいいですよ」

立ち働いている人間はたぶん違う。あの、奥に座っているあの女。きっとあれだ。取り囲んでいる人の背中に隠れて顔が見えない——。

「おーい、誰か。先生もシャンパンだ」

言いながら編集長は佐々原の腕を引いて寝室の方へ歩いていく。

（あ……どうしよ）

律は迷ってうろたえた。しかし状況もわからずに一人で突っ立っていると邪魔になりそうで、落ち着かない気分でそのあとに付いていくほかない。

すぐにグラスをひとつ持った小柄な女性が入ってきて、鏡の前の小さなテーブルにそれを置いた。そうして佐々原のジャケットを脱がせて椅子《いす》に座らせ、顔を触りはじめる。

「高木さんはどこ行ったんです？」

スーツ姿というだけで目新しくて格好良かったけれど、目を閉じて人に顔を任せている佐々原はおそろしくいい男だった。スタッフという人種を無視する様子が似合っている。

「うーん、ちょっとね」

「水越さんに追い出された？」

「なんだ、知ってるのか。そう、高木くんの香水が嫌だって言われたみたいでねえ。彼女、会社に着替えに戻ってるよ」

「それであなたがフォローに来た」

「まあね。まあ気にしないで」

「しませんけど、そういうのは感心しないな。俺の担当が美人だから気に入らないだけじゃないですか。仕事は仕事だろうに」

「それ高木くんに言ってやって。美人だって。喜ぶから」

居場所のない律は荷物を手にしたまま壁際に立っていた。

すごく変な感じがする。慣れない場所、慣れない空気、知らない佐々原。隣の部屋にいる女優。ここは自分がいるべき場所ではない。

（なんつーかこう…しんどいこと多すぎ……。いちいち辛《つら》くなりすぎだ、俺）

髪を整えられた佐々原が寝室を出ていく。

隣の部屋が慌ただしくなる。

「何してんの、君。撮影はじまってるよ、見ないの？」

編集長という男に声をかけられて、律はことりと首を傾げた。

「いいんですか?」

「タレント見ないなら何しに来たの」

おいでと手招きされて従ったけれど、見たいけど見たくないというのが正直なところだった。よそゆきの佐々原の顔も、葉子に似ているという憂理も。

「この辺にいりゃあ邪魔にならないからね。声だけ気を付けて」

壁際に椅子を運んできた編集長の隣で律は立ったまま頷《うなず》く。反対側の壁際に重厚なテーブルセットがあって、カメラマン越しに佐々原の隣で笑っている女が見えた。

(これが女優かあ……)

異性がこんなにきらきらして見えるのははじめてだった。強いライトのせいじゃない。恋をしているような視界に律は激しくうろたえた。女には惹《ひ》かれないはずなのに、好きな相手みたいに眩しく光って映る。

「佐々原先生は負けないねえ。そこそこ顔がいいってだけじゃお話にならないのに、芸能人と並んでも男前だもんなあ」

「そ――そう、ですね」

小声で呟かれて耳が火照った。言われると見惚《みと》れてしまう。うっかり女優まで目に入らなくなる。こっちは本当の恋だから胸まで高鳴っていたたまれない。

けれど佐々原は部屋の向こう側にいて、自分は反対側にいる。

「また締め切り立て込むっぽいけど、来月もあれぐらいのコンディションでお願いしたいね。マネージャーなら君がうまく気晴らしの時間も作ってやってよ」

「え？　ええ」

佐々原が便宜上付けた肩書きを知って、律は散慢になりかけた意識を引き戻した。

（仕事のことなんか全然知らないけど――話合わせなきゃ）

「最近泳ぎに行ってないらしいじゃない。よくないねえ」

「ええ、あの……そうなんですよ」

水泳をするとはひと言も聞いたことがないが、それは納得がいった。運動不足は性に合わないようだったから、以前はジムのプールにでも通っていたのかもしれない。

「来月はテレビカメラ入らないけどさー、毎月カラーだから、この企画。先生の場合は外見も大事、ね」

「……はあ」

ところで、と編集長がさらに声を落とした。

「……あの二人ってやっぱ付き合ってる？　住み込みだったらなんか知ってるでしょう」

「い——いえ」

　こそこそと耳打ちされて視線が泳ぐ。

「そういうのは、あの、ないっていうか……気が付かないっていうか……」

「ウーン、じゃあまだ水越憂理が盛り上がってるだけか」

「やっぱり……そうですよね」

　すごい勢いで気持ちが萎《な》えるのがわかった。誰がどう見てもそうなのだ。

「うちも週刊誌の奴から色々訊かれるんだけど、どうせ噂になるならもう少しあとの方がいいよねえ。公開の頃とかさ。うちも映画合わせで『廃墟』増刷するし、ねえ?」

「……ええ」

「若き鬼才と恋多き女か。いやー、陳腐だな。いまどき恋多きってまだ使えるのかな? 演技派とか本格派とかそんなのもあれだしねえ。どう君、若い子の言葉でいい文句ない?」

「ええ……」

「たしかにこう、並べるとお似合いだけどね。説得力があるよ、あの二人は」

　編集長は髭をこすりながらしみじみと言う。

「そうですね……」

　途中からは隣の男の声が耳に入らなくなった。何十分か何時間か、時間の経過もわからなくなった。

固まった膝が痺《しび》れ出す頃、誰かが「オーケイです」と声をあげて部屋の空気が不意に緩んだ。

お疲れ様と辺りに挨拶をして、見慣れない快活な笑みを貼《は》り付けた佐々原が近付いてくる。

「律、おまえ荷物どこやった？」

佐々原の腕には、自然な仕草で憂理が止まっていた。

「脩……ええと、佐々原さんのは、編集長さんが向こうの部屋に置いてきたままですけど」

「そうか。ちょっと待ってろ、憂理」

華奢《きゃしゃ》な女の腕をあっさりとほどいて佐々原がベッドルームに向かう。眩しい女優の顔だけが目の前に残った。多少背の高い女だ。ほんの数センチしか変わらない位置からまっすぐ見詰められて、律は気まずく俯《うつむ》く。

「先生のマネージャーじゃないの？」

憂理が優しく囁いた。少し低めの声をしている。

「荷物取りに行かせちゃ駄目じゃない、あなたが行かなくちゃ」

「あ……そうですね、ごめんなさい」

芸能人への応対の仕方は知らないので、律はとりあえず頭を下げてみせる。

「私に謝らなくてもいいんだけど。あなた私のファン——じゃないわよね。どうして働かないのにこんなとこまでくっついてきたの？　マネージャーなんて嘘でしょう」

じっと目の中を見ながら真顔で言うから、嫌味かどうかわからなかった。

「あの、俺」

だけど人の香水に難癖をつけて着替えに行かせるような女なのだ。怒らせると悪いことになりそうだ。連れてこられただけだと言おうか。その方が気に食わないだろうか。

「誰に紹介すればいいのかしら」

重たげに巻き上がったまつげをゆっくりと瞬かせて、憂理が少しだけ首を傾ける。

「紹介って……」

「違うの？　コネで紛れ込んだんだと思ったんだけど。先生のお友達の弟さんなんでしょ」

「ええっと、友達の弟の友達なんですけど」

「あなた可愛いもの、ハタチすぎまでは食べられるわよ。大丈夫。私の知り合いだと映画関係ばっかりだけど」

「いや…もう二十四なんで」

「アイドルとか俳優とかやりたいんじゃないの？　あなたって綺麗な肌してるのね」

「っ……あの……っ」

不思議そうに眺め回された末に、爪の先まで隙《すき》なく整えられた指で頬をつままれた。

「こら、触るな触るな。おまえのと違って売りもんじゃないんだから。ほら、サイン本」

戻ってきた佐々原に肩を叩《たた》かれて、女優の顔が花のように光る。

「わあ、ありがとうございます……先生の字って個性的ねえ」

「素直に汚いって言えばいいだろう」

「ふふ」

憂理が本当に甘ったるく笑うから、胃が捻《ねじ》れそうになった。

（この人、全然本気で好きなんじゃないか——）

「先生、今夜は都内にいるんでしょう？」

「まだ打ち合わせがあるしな」

「じゃあ、仕事終わったら電話していい？　先生と飲める機会あんまりないから」

「起きてたらなー」

高木という編集者と食事をしたあと佐々原の支払いで飲みに行って、タクシーで別のホテルまで送られた。

憂理が帰るまで部屋の外で待っていたらしい高木は、四十がらみの頭の良さそうな女性だった。バーで佐々原が「今日は悪かったね」と砕けた口調で言っていたから、オプションはとばっちりで女優に追い払われた彼女へのサービスだったのだろう。

「……死ぬ。喋りすぎで死ぬ」

ツインのベッドの片方に荷物を投げ出し、律がカバーを剝《は》いだもう片方にスーツのまま転がった佐々原が呻《うめ》いた。夜七時。

「飲みすぎだって、脩司さん」

まだ眠るには早い時刻だが、酔いと長距離移動の疲れが律にものし掛かってきていた。

「それはおまえだろ」

上着が皺になるからと伸ばした手を掴まれる。

「ほら、手ぇあったかい。眠い子供みたいじゃねえか」

言いながら胸に引き寄せられて抱き締められた。

急にいつもの佐々原がそこにいて、一日中律につきまとっていた心許《こころもと》なさが霧散する。

「あんたほんとに家にいるときと違ってた。なんであんなことすんの？　無理に格好付けるから疲れるんじゃないの？」

「営業っつーかなー……」

額を擦り付けてくるのは気持ちがひどく疲れているときだ。

「靴脱いだ方がいいと思うよ。上着も皺になる」

くらりと回る酔いの中で胸がきゅうきゅう鳴くのを感じながら、律はせっかくのセットがばらばらに乱れてしまった佐々原の髪を撫でる。

「俺の小説なんか自分の切り売りだからな——表に別の人間立たせないと恥ずかしくてやってらんねえ。おまえに見せるのはいいんだけどな」

弱っているときは仕事の話を漏らすこともあるけれど、書いているものの中身に触れるなんて滅多にないことだ。今日の佐々原はおかしい。普段人と接触しない生活をしているから、本当に他人と会うと擦り切れるのかもしれない。

「何、俺はいいって。やっぱ酔ってるんじゃない？」

「弱ってるだけだ」

自覚はあるんだな、と、ぼおっと熱い脳みその片隅で思う。

「おまえ連れてきておいてよかった。……なあ、甘えさせろよ」

囁いてキスをされ、シャツの中に入ってくる手のひらの感触に律は身を捩る。

「待って、シャワー行ってくる」

「いい」

「でも……、っ、ん……」

キスを繰り返しているうちにジーンズの前が開かれて、滑り込んできた指先に捕まった。佐々原に触れてもらえると期待するだけで奥が疼《うず》いて、少し扱《しご》かれただけでとろとろと透明が溢れてくる。

「汚れる、服……脩司さん、濡れるって」

「ああ」

「ちが……俺じゃなくて、あんたの服……スーツ」

「着替えぐらい持ってる」

ジーンズと下着を膝まで下ろされて、薄く開いた唇に深く舌を差し入れられ、くちゅ、とか、ぴちゃ、と頭の中に響く音が恥ずかしくてたまらなかった。まるで涎《よだれ》を垂らす下肢から聞こえてくるようだ。どうしてだかはじめから腰がじんじん痺れている。自分も佐々原と同じように人疲れをしているのだろうか。

「や、も、ほんとに……もう出ちゃう、汚れる」

「出すのが嫌なら飲んでやろうか?」

「!　やだ……っ」

「そんなに嫌か」

くすりと笑って、佐々原が震えるそれを咥《くわ》えた。

「あ――あ、……あぁっ」

突っ張った足は膝に絡む服のせいでろくに動かせず、もがくこともできない。佐々原の髪をぐしゃぐしゃに掻き混ぜて、律はびくびくと腰を跳ね上げた。

「うぁ……ああ、もう、なんで。ほんとに飲んだ……！」

信じられないと真っ赤になる律の体をひょいと裏返して、佐々原が狭い入り口に唇を付ける。

「ちょっ、やめて、やだ。そこやだっ」

とろりと粘った雫が閉じたそこから袋の裏側まで流れてくるのを感じて、律は糊《のり》の利いたシーツを掻きむしった。

「おまえなあ、あんまりでかい声出すと外に聞こえるぞ」

「だったらやめてよ、な…舐めないで、風呂入ってないのに……っ」

佐々原は酔うと意地悪になるのだろうか。こんな恥ずかしいこと、いつもはしないのに。

「なあ、不思議なんだけど。おまえ最初の頃、もっとすげー慣れた感じじゃなかった？」

「んん……っ」

「ったく、どっちがなんの無理してんだっつの」

舌と指をねじ込まれて、体の中を優しく撫でられて、ぽたぽたとシーツに染みができる。我慢ができなくなった律は佐々原のベルトに手をかけたが、その間中敏感になった首や胸や耳を嚙まれてうまく脱がせられなかった。

「ね……、ん、あっ……お願いだから、脱いでって、ちゃんとしよ」

「このままでいい」

よくない、絶対。高価そうなスーツに射精なんてできない。唇を嚙んだ律を仰向けに組み伏せて、前だけ開いた佐々原がすんなりと細い片足を持ち上げる。

「……あ、あ……入っちゃう……」

「すげ、おまえん中あっつい。もうぬるぬるだ」

「っあぁ……あ」

「飲ませるとこうなるのか……ふうん……」

観察するみたいな佐々原のやり方に、律は身を捩《よじ》る。

「なんでそういう……こんなの、書けないだろ……っ」

「書かねえよ。可愛いと思ってるだけだ」

いつになく柔らかく笑われて、背骨が甘ったるく溶けた。

「おまえはすぐ気にするけどな。俺は小説のために抱いてるわけじゃねえ」

痛いことはしない佐々原がじわじわと進んでくるのに焦れ、自分の中が奥へと誘い込もうとしているのがわかる。滲んでくる体液を啜り上げるようにうねる肉は律自身も追い上げていて、

すぐ出してしまいそうで辛いのに止められない。

「んんっ、も……あ、どうしよ……気持ちいい……っ」

目尻にぽつりと水が染み出していた。これ以上は我慢できない。色っぽく乱れはじめた佐々原の息が鼓膜を舐める。それでいきそうだった。過敏な耳が拾う音は脳みその中を感じさせる。律は必死に指を噛み、片手で強く前を握り締めた。

「ア——んぅ……んっ、ん……っ、ん」

しゃくり上げるのに似た声が喉の奥から溢れ出して止まらない。こんなに悦《よ》くて苦しいセックスは知らない。喘ぐ自分の呼吸の向こうで、くぐもった細い音が鳴っていた。

「な、に……っ……、あっ……」

携帯電話だと気付いて、律は佐々原の胸を叩く。どんどんと、もう一度。大きく揺り上げる動きが止まった。

「なんだ?」

「でん……電話、あんたの。鳴ってる」

「やってる最中に出ろって?」

「いい、いいから、出て、お願い。ちょっと休ませて」

ちっと舌打ちをした佐々原が強く摑んでいた律の腿《もも》から手を放し、スーツのポケットから携帯を引っ張り出す。

「いや、あんたも出てってば」

一度体を離して呼吸を落ち着けるつもりだったのに、佐々原は律の中に性器を入れたまま電話に出た。

「もしもし？　ああ、お疲れさま」

「嘘だろ、もー……抜いてくれよ」

小声で唸ったけれど聞いてもらえず、下手に身じろぐと喘いでしまいそうなので、律は口元に手の甲を押し当てて浅い息を繰り返す。

「部屋にいる。ホテルの部屋、ああ……いまは無理だなあ、出られない」

佐々原が低い声で話している。こんなに熱くて硬いのにどうして平気で喋れるのだろう。

「待ちなさい、マネージャーはそこにいるのか？」

欲しがって体がひくついている。焦れったくて勝手に腰が動きそうだ。これでは休憩にならない。我慢させられているだけだ。

「わがまま言うなよ憂理、おい」

ぎくんと心臓が飛び上がって背筋が冷えた。

「ったく……」

ピッと通話を切った携帯電話を隣のベッドに放り投げ、佐々原が溜息をつく。

「ゆりさん――どうしたの？」

「いまから飲もうって。面倒くせえ女」

言い捨てて佐々原が中からいなくなった。

「おまえが電話なんか出ろっつーから……くそ」

「い……行くの？」

ベッドから下りた佐々原に慌てて不安の目を向ける。このまま置いていかれるのは嫌すぎる。

「ばっか。これどうすんだよ」

外れてぶら下がったベルトの間を指差して、佐々原がにやりと笑う。

「脱ぐだけ。ガツガツした感じでやるのも楽しいと思ったけどな。靴も履いたままって、情熱的な感じしねえ？」

ふざけたことを言って靴を蹴《け》り脱ぎ服を床に捨て、佐々原がぐったりとした律のシャツを脱がせる。

「放っておいていいんだ？」

「赤ん坊じゃねーんだ、二十五にもなって飲み断られたぐらいどってことねえだろ。自分のもんでもない女にそこまで付き合ってられっか」

普段より熱い肌にしっかりと抱かれて溜息が出た。それだけのことで追い立てられるような焦りがなくなって、頭の中も皮膚の上も『幸せ』でいっぱいになった。

「いま俺は疲れてるから、おまえに甘やかされるので忙しいんだよ」

（うわ……これ、脳内麻薬出てる感じ……）

脳みそがびしょびしょになっている。そういう種類の抱擁だった。

「でも、甘えてくれるのはいいけど、そんなしんどいなら仕事選べばいいのに」

「一応選んでる——けど、別に文学やってるわけじゃねえからな、俺の代わりなんかいくらでもいるんだ。売れてるうちに売らねーと仕事なんかなくなる」

「あ、待って、もっとゆっくり」

「売るためなら人付き合いだって最低限はする。その程度だ」

「っ、はぁ……そ、なの？」

「他に——やることもねえし。俺にはこれしか残ってないし。書けるだけ書いたって悪かねえだろ……」

唇を塞がれながら深いところを掻き混ぜられて、再び鳴り出した携帯電話の音が遠くなる。

電話のベルは繰り返し繰り返し途切れてはまた鳴っていたが、佐々原は律の吐息しか聞いていないみたいだった。

最近電話がよく鳴る。

よほど佐々原《ささはら》の仕事が忙しいのかと思っていたら、律《りつ》の携帯電話にも克己《かつみ》から着信があった。

『おまえ、少し前に佐々原と東京《とうきよう》行ったって言ってなかった?』

かけ直すと休日で家にいた克己はすぐに出たが、その声がなんだか怒っているようだった。

「対談かなんかしてんの見てきたって、話したよな?」

律は炊飯器のスイッチを入れて、食卓の椅子《いす》に腰掛ける。

『泊まったの、あいつと同じ部屋だった?』

「……うん、まあ」

妙な雰囲気に首を傾《かし》げた。おまえが辛《つら》くないならいい、と言ってからもう突っ込んだ話はしてこなかったのに、克己はいまさら何が気に入らないのだろう。

『そんじゃなんであいつ、密会なんてやってるわけ』

「へ?」

ミッカイという漢字が思い浮かぶのに間があった。あまり日常的に使う言葉じゃない。

『週刊誌に出てたぞ、水越憂理《みずこしゆり》と佐々原。蕎麦《そば》屋で叫ぶとこだった、俺』

「叫ぶ……なんて？」

『死ね佐々原って』

「そんな内容だったんだ」

『よくあるようなスクープってやつだったけど。深夜のデートとかって。律がくっついてった日のだよ』

「じゃあそれ嘘だよ。俺、ずっと一緒に行動してたもん」

『ホテルから出てくるとこ撮られてたけど。おまえ、フレームの外にいたわけ？』

「それは知らない……なんかの間違いだろ」

隣のベッドでしつこく鳴っていた電話を思い出して、律はかすかに言い淀《よど》んだ。

『……ほんとにずっと一緒だったのか？　ホテルのバーで会ってたって書いてあった。三人で飲んでたのか？』

「携帯かかってきたけど、飲みに行くの断ってたよ」

あの晩は佐々原とぐちゃぐちゃになるまでセックスをして、後ろだけで三度もいかされて疲れ果てて、翌朝起きたらバスローブ姿の佐々原の腕の中だった。片方しかベッドを使わなかったのがばれると慌てた律を、佐々原は面白がっていた。

（そういえば、いつの間に風呂《ふろ》入ったんだろう……）

『なんか変だな。なんかむかつく』

しばらく続いた沈黙のあと、克己がぼそりと言った。

『いまから佐々原のこと殺しに行こうか』

「あのさ、克己。そういうこと嘘でも本気でも言わないでくれる？」

『じゃあ本気だけど言わない』

電話越しに克己の深い溜息《ためいき》が聞こえた。

『律。やめるならいつでも俺んち来ればいいからな』


買いものに出たついでにコンビニエンスストアに寄って、ろくに手に取ったこともない週刊誌を探した。克己に聞いた雑誌は一冊だけ残っていた。

ぱらぱらとページを捲《めく》っていって、律はごくりと息を呑む。

モノクロの写真には、本当に佐々原と泊まったホテルのエントランスが写っていた。ほんの一部分だけだけれど、ホテルを出た朝、タクシーを待っている間にぼんやり眺めた特徴的なモザイクタイルは間違いない。

その壁の前で、佐々原が女に首を抱かれていた。女の腰には佐々原の腕が回っていた。

（——…………えっと）

人から聞かされていても、自分の目で見ると衝撃度は格段に違うのだと知った。頭の中が真っ白になって何を考えていいのかわからない。

（都内某所の老舗《しにせ》ホテル——地下のバー——渦中の二人——抱き合って出てきた——）

どこかで見たような文句を目で追って、それがすべて写真の二人について書かれているのだと呑み込むまでに時間がかかった。

（深夜二時——？）

ぱちんと線がつながった途端に首の後ろが灼《や》けるように熱くなり、律は折り曲げてしまった雑誌を持ってレジに向かっていた。

家に帰って二階に上がると、佐々原は煙った部屋でモニタを見詰めていた。

「ちょっといいですか」

「あとにしろ」

締め切り前の不機嫌さは相変わらずだったが、律はかまわずに歩み寄って佐々原とパソコンの間に開いた雑誌を割り込ませる。

「これ何」

「ああ?」

手を止め、軽く背を反らして佐々原がうんざりしたように鼻先で笑った。

「ガセだガセ。ヤラセってのか?」

鬱陶《うっとう》しそうに雑誌を払い除けた彼の指が眼鏡《めがね》を押し上げる。

「ここんとこ電話うるさかっただろ。おまえまでそんなくだんねえこと言うなよな」

何事もなかった顔をして言い捨てる態度に、律の背骨の辺りに溜《た》まっていた怒りがぱちんと弾けた。

「……くだらなくない」

手の中で、一度折れた雑誌がぐしゃりと音をたてる。

「俺はこんな写真知らなかった……!」

絞り出すような低い声に異変を感じたのか、佐々原がぐるりと椅子を回した。

「なんだおまえ。それ、説明してほしいのか?」

パソコン用の眼鏡の顔は、いつも苛立《いらだ》っているように見えてちょっと怖い。

「してください」

律は膝《ひざ》に力を入れて言った。

「その写真は、酔っぱらって自力で立てねえ女を俺がタクシーに乗せてやったときに撮られたもんだ」

「俺と泊まったときだよね？」

「そうだ。三十分置きに携帯が鳴ってただろう？　憂理はあのときホテルまで来て一人で飲んでた。俺が電話取ったときはべろべろで、途中でバーテンに代わられたな」

「だから、俺が寝てる間に会いに行ったんだ」

「起きてたら一緒に飲みに行ってもよかったけどな」

「……冗談」

冷たいレンズの向こうでちらりと笑みを見せられたけれど、笑えなかった。佐々原はひとつ吐息して眉を寄せる。

「写真なんてキャプションでどうとでも見えるだろうが。——ほら、律。これ見てみな」

腕時計をしない左の手首が目の前に突き出された。

「たとえばこれが自殺しようとした傷っつったら、そう見えるだろ」

目を凝らすと、がっしりとした手首の内側に薄い捩《よじ》れた痕《あと》がある。

「ガキの頃に糸鋸《いとのこ》がぶち切れてできた傷だ。説明なんてそういうもんだよ。おまえまでそんなもんに踊らされんな、うざってえ」

「でも、俺が知らないうちにゆりさんに会ったのは本当じゃないか」

どうとでも見える傷が本当にそこにあるみたいに、自分が寝ている隙《すき》に佐々原が部屋を出て、女を一人タクシーに乗せたのは事実だ。

「それのどこに引っかかってんだよ。俺がおまえとしか寝てないのは知ってるだろ？」

「東京に行ってるときのことはわかんないもん」

「嘘じゃねえよ。俺はおまえには嘘なんかついたことないからな」

「わかんない。あんた平気で嘘ばっかり言えるじゃん」

ただその事実がショックだったのに、佐々原がもっと意味を付けようとするから律は混乱する。いつもそうだ。言いたいことは口に出すと捻《ねじ》れてしまう。

「小説のためじゃないとか言って、あんたが一番大事なのは仕事なんだろ」

「信じる信じないはおまえの勝手だ。とにかく出てけ、苛ついてんだよ俺は。俺が書けなかったらおまえに給料も払えねえだろ」

冷たく言い放たれて、律は竦《すく》んだ。

仕事でこの家にいるなんて、そんな意識もとっくになくなっていたのに。

「じゃあもう辞めます」

佐々原はすでにモニタに向かっている。

部屋を出ると、襖の向こうでキーを打つ音が聞こえた。

(出ていくって言っても、別に関係ないんじゃないか)

律は台所でしばらく茫然《ぼうぜん》とした。

「ちょっと……頭冷やさなきゃ」

おそらく、佐々原にとってこんな記事はくだらなくてどうでもいいことなのだとは思う。

でも腹が立ったのだ。理屈ではなく頭が煮えるのだ。同じベッドにいるはずの恋人が、彼に惚れている女と一緒にいたというだけのことが。それを知らなかったことが。

(……好きになりすぎたんだ)

鬱陶しがられるほど苦しくなってしまうなんて、誰よりも佐々原の近くにいたいと願ったり、勝手に一人で不安になったりするほど好きになってしまった、自分がいけないのだ。

この台所は本当に自分のいる場所になっていたけれど、きっと一度離れて冷静になってみなくてはいけないのだろう。

「どうせ俺、嘘でも愛してるなんて言われてないもんなー……」

「律？　いねえよ。はあ？　通帳置いてった？　知らないよそんなの、カードあれば金おろせるじゃん」

克己がぼそぼそと喋っている。佐々原からの電話だ。

家を飛び出して三日経った。

「電源入ってなかったら俺からも連絡取れないでしょう。はいはい、こっちにかかってきたら言っておくよ。……でも、あんたが律のこといじめたんじゃねえの？」

ベッド代わりの大きなソファはやっぱり優しかった。

自分から逃げ出したのだから、捨てられたときみたいな放心状態には陥らなかったけれど、病気のように胸が痛くてたまらなかった。

「これでいいの、律」

克己の手のひらが頭を撫《な》でる。

「心配してたよ、あいつ。おまえの携帯切りっぱなしだから。なんか俺が思ってたよりずっと焦ってる」

「……うん」

「うちにいるって言ってやった方がよくない？」

「うん、そうだけど」

居場所を教えて迎えに来てもらえないのは悲しい。忙しい男はきっと来ない。

「泣くなー」

克己に言われて子供のようにごしごし目を擦る。驚いたことに涙腺《るいせん》は壊れてしまっていた。

「この何日かで、これまでの十何年分見ちゃった気がする。律の泣き顔」

よしよしと頭を撫でながら、克己はほんの少し眉をひそめた。すごく困っているのだ。父親の話をしたときよりも、もっとずっと切ないような感じがする。

「俺も、こんなに涙が出てくるなんて知らなかった」

「最初は可愛いって思ったけど、なんかもう痛々しいよ、おまえ。……迷う」

「うん？」

もう見ていられないと言うように、しなやかな腕で頭を抱かれた。

「佐々原なんかやめとけって思ってたけど。本気で死ぬほど好きだったんだね」

「うん――」

迷っているのはこっちの方だ。

あの家は自分がいてもいい場所だった。だけど佐々原の半分。欠けた半分は自分では埋められない。なくした女に似た女は佐々原の傍《そば》にいて、佐々原がどう思っていても彼のことを本気で愛している。似合っている。

そうだ。彼にはあの眩《まぶ》しい女が本当によく似合っている。自分よりずっとふさわしい。

「一回戻って、ちゃんと話した方がいいような気ぃするけど」

「落ち着いたら——そうする」

「おまえはどうしたいの?」

「好きだから傍にいたい。……けど、このままじゃ葉子《ようこ》さんと同じになりそうで怖い。いま脩《しゅう》司《じ》さんに会えない」

いまあの場所に帰ったら、放っておかれて壊れてしまいそうだ。

「俺、明日映画行くけど、来る?」

耳元で声がする。克己にそうされても、心地良いだけ全然どきどきしない。

「デートだろ。余計気ぃつかうからいいって。行ってきな」

こんな優しい関係なら傷付くことはひとつもないのに、どうしてあの男でなくてはいけないなんて思うのだろう。

ソファに沈み込んで、就職やアルバイトの情報誌を眺めながら一週間が過ぎた。

その間に、気が強くて小さい克己の彼女が一度来た。どうしてもうまく作れないというからベシャメルソースの作り方を教えてやって、季節外れのグラタンを食べた。

可愛い、楽しそうな恋をしている二人が羨《うらや》ましかった。

律の方は、時間を置いても頭が冷えても駄目だった。

いっそセックスがよかっただけだと思いたいのに、思い出すのは疲れた佐々原の顔ばかりで。

――なあ、甘えさせろよ。

女優にだってそのぐらい言っているかもしれないのに。

(でも心配してくれてるんだ。電話がつながらないからって、焦ったりしてるんだ。通帳なんて……俺の荷物ひっくり返してみるぐらい……)

――嘘じゃねえよ。俺はおまえには嘘なんかついたことないからな。

本当はどうだったんだろう。

考えているとめまいがしてくる。

「……出かけよ」

克己が仕事から帰ってくる前に夕飯の買いものをしようと、律は近所のスーパーに出かけた。

メニューを考えている間はぐるぐるしないですむ。

カゴをぶら下げて五時から限定特売の『国産豚ロース』と『黒豚切り落とし』を真剣に見比べていたら、後ろから唐突にがしっと肩を掴《つか》まれた。

「りっちゃん発見ー」

ぎょっとして振り向いたら、克己の兄が立っていた。

「匡史《ただし》さんっ？　なんでここにいるんですか？」

県外にいるはずなのにと悲鳴交じりに驚く律に、ふわふわとした笑顔で匡史が首を傾げる。

「孫を見せにこの週末実家に帰ってるんだけど。克己から聞かなかった？」

「ぜ、全然」

「ふーん、やっぱ克己んとこにいるんだ。お兄ちゃんたちに嘘ついて悪い子だなー。律とはしばらく喋《しゃべ》ってないなんて言ってたよ、うちのおばかさんは」

かまをかけられたと気付いて律は青くなる。

「脩司さんに言わないで……もらえます？」

「どうしよっかなー」

綺麗な唇でうふふと笑って、匡史が猫のように律の襟首《えりくび》を掴んだ。

「まあここじゃなんだし、克己んち行こうね」

「いやでも俺、克己の晩メシ作らないと……」

「前んとき何も食わないで寝てばっかだったって聞いたから、ちゃんとごはん持ってきたんだよ、僕」

ぐいぐいと遠慮なく襟を引かれ、喉が締まって仕方がないので律は素直に足を動かす。

克己のアパートに上がり込んだ匡史は、律専用になりつつあるソファに座って缶コーヒーを投げて寄越し、「座りなさい」と言った。

佐々原と寝ていたことを叱《しか》られるのだろうか。

おずおずと床に正座した律の目を柔らかい色をした瞳でじいっと見詰め、匡史が静かに唇を開いた。

「ねえりっちゃん、あいつのこと捨てる気？」

「捨てるなんて」

覚悟したのとは違う部分を突かれ、律は戸惑う。

「その、そういう関係じゃないです……」

ごまかしておいた方がいいのかもしれないと、小さな声で付け足した。

「だってねえ、子供連れてったらびっくりだよ。家ん中ぐちゃぐちゃであいつ死にかけで」

いくら締め切りで荒れているからって、十日やそこらでぐちゃぐちゃというほど散らかせるものだろうか。

(あの家全部片付けるの、一ヶ月ぐらいかかったんだよな)

律は小さく溜息をつく。

「そんなに物に当たるタイプじゃないんだけどね、さすがに窓まで割られると僕も驚く」

「窓？」

「すごいよ、荒れちゃって荒れちゃって。襖も皿も破壊されててねー。うちの奥さんがこれは悪夢だって言ったもん。あいつのファン減らしちゃったよ、どうしようね？」

「そんな……それ、俺のせいだって言うんですか？」

「当然でしょ。色々落ち込んだとこ知ってるけど、あんなの見るの僕はじめてだよ」

出ていくと言っても止めなかったくせに——どうして。

律は膝の上でぎゅっと拳《こぶし》を握った。

「りっちゃんね、葉子のこともお母さんのことも知ってるんでしょう？」

ちょっと寂しそうに言って、匡史が小首を傾げる。

はい、と律が答えようとしたら、バタンと玄関のドアが閉まる音がして、ビジネススーツの克己がずかずかと部屋に入ってきた。

「おい、匡史。なんであんたがうちにいるんだよ。なんで律がここにいるってわかった？」

克己の低い声に、匡史は穏やかに苦笑する。

「りっちゃんがいなくなったのに、おまえが心配しないなんておかしいでしょ。ほんとにいつまで経っても底が浅いんだから」

ちっと舌打ちしてソファに上着とカバンを放り投げ、克己は乱暴な仕草で律の隣に胡座《あぐら》をかいた。

「そんでなんであんたがそこで足組んでて、律に正座なんかさせてるわけ?」

「僕は座りなさいって言っただけだよ」

じろりと睨《ね》め上げる克己に、匡史が小さく肩を竦める。

「じゃあ足崩しなよ、律。兄貴の話長いから」

「あ、うん」

言われて律は素直に膝を抱えた。

「それにしてもおまえ、ジャケットは脱いだらハンガーにかけなくちゃ」

「あとでやる」

兄の言葉を蹴《け》った克己が不愉快そうに煙草《たばこ》に火を付け、匡史の目が再びこちらに戻ってくる。

「あいつのお母さんのことも聞いたんだよね、りっちゃん」

「……はい」

「それ知ってるの、僕たちみたいに昔から付き合ってる奴だけだよ。葉子のことだって自分から話したりしない。わかる？　あいつがすごく信用してる相手にしか言えない、けっこう重要なことなんだよ」

だけどそれは自分も両親がいない子供だったからかもしれない。話の流れでつい口にしてしまったのかもしれない。

（葉子さんのことは克己から最初に聞いたんだし……）

気軽に口にするような出来事ではないだろうが、佐々原はわざと深刻さを削《そ》ごうとしていたはずだ。

「会って二ヶ月も経たないうちにそんなにあいつの中まで入って、りっちゃん、どうして見捨てたの」

「見捨てたなんて……だって俺がそんなに特別って感じじゃなかったし——それに、脩司さんが何考えてるかなんて、俺にはわかりません」

「つまんない嘘は聞きたくない」

ぴしゃりと匡史が言った。

「全部見せたって言ってたよ。外の顔も素の状態も、弱ってるとこも全部。君に甘えたって言ってた。あいつが他人にどんな顔でどんなふうに話すか、どうやって嘘つくかだって、りっちゃん知ってるんじゃない。だったらどれだけ頼られてるかわかってるでしょう」

知ってる。頼られていた部分があることはわかってる。

でもそれが真実かどうかわからない。自分だけかどうかわからない。

「重いもの丸ごと投げ出されて怖くて逃げただけでしょう?」

そうじゃない。重いだけなら耐えられる。自分が重くなりそうで嫌だったのだ。

(そうだ、俺、脩司さんの重荷になりたくなかったんだ)

やっと思い当たってはっとした。だけどこれは匡史に言うようなことではない。

律はまっすぐに匡史の目を見返した。

「そんなにあの人のことがわかってるなら、匡史さんが支えてあげればいいじゃないですか」

「僕はあいつのチンポ舐《な》めたりできないから無理だよ」

白い肌の色をちらとも変えず、匡史が綺麗な唇で言った。それにがくりと突き崩されて、律は思わず声をなくす。隣の克己は紫煙に噎《む》せた。

「何言ってんだよ、兄貴。想像しちゃうだろ」

「あのね、大事なことでしょ。茶化さないの」

匡史は咳《せ》き込む弟に向かって、至って真面目な顔をする。

「茶化してんのはあんただ」

「だっておまえ、どんだけ親友で好きだからって、りっちゃんと寝られる？　この子のあれ、尻《しり》に入れられる？」

優しげに整った美貌で匡史が言って、克己が真顔でうーんと唸《うな》った。

「……手コキまでだな」

考えた末に克己が言った。

「ええっ？　僕それもヤだけど」

匡史がひどくびっくりした様子で顔をしかめる。

「なんで、自分のやるのとそう変わんないんじゃない？」

「いくらあいつのでも、自分の手に精液出されるのはなんかさあ」

「あー……律のセイエキ……」

手のひらを見詰めて克己が黙り込む。

ここで自分が「克己とはしたくない」とでも口を挟んだ方がいいのかと、ほとんど恐ろしいものと遭遇している気分で律は思う。

「ね。ヤれるヤれないってあるでしょ。そんでセックスって大事でしょ、体と心ってくっついてるんだから。寝るだけの相手でも、気持ちを理解してるだけの相手でも、どっちかだけじゃ人ひとり全部ケアしてやるなんてできないでしょ」

身を乗り出して、目を見て言われてうろたえた。

「全部なんて……」

「脩司は全部見せちゃったの」

長いまつげの中にあるのは真剣な瞳だった。

「僕は君を小さいときから見てきたし、悪い子じゃないってわかってるけど、でももし男が切れて寂しかっただけならちょっと許せないよね」

「勝手なこと言うなよ。こいつだって傷付いてんだから！」

克己が珍しく感情的に声を荒らげた。

「わかってる。でも脩司は、りっちゃんほど強くない」

「どこが？　死んだ人間のことまで仕事にしてるような奴じゃねえか。なんでもかんでも小説にして人に見せてるじゃねえか」

「自分の傷から目を逸《そ》らせないんだよ。忘れてうまくやってくことができない。だからあいつは他の仕事なんかできないの」

匡史の言うことは理解できた。聞かなくても、もうずっと前に気付いていたことだ。

「律のことだって――書く気だろ」

克己も頭のどこかでわかっていたのだろう。気まずげにぽつりと言葉を落とす。

「さあ?」

ふっと息をついた匡史が、さらりと笑顔になって言った。

「ま、いまあいつ入院中だから、書くもんも書けないけどね」

「入院?」

律は眉を曇らせる。

「過労と胃炎。ついでに色々検査もね、あいつ高校出てから健診受けてないから。僕らが行ったときなんてほんとに死体みたいだったんだよ、土気色で血ぃ吐いててさ」

「どこの病院ですか!?」

ざあっと頭から血が引いた。

「教えなーい。りっちゃんだってここにいるの内緒にしてんでしょ、同じぐらい心配して不安になればいいじゃない」

途端に焦った律の顔を面白そうに眺めながら、匡史が微笑《ほほえ》む。

「あんた相変わらず意地悪だな」

「お兄ちゃんが弟いじめないでどうすんの。りっちゃんなんか身内と一緒だよ」

「なんだよそれ。律が俺んとこにいるってわかったら、あいつだけ安心するだろ。ずるいじゃねーか」

「言わないよ。ちょっと君たち落ち着いてお互いのこと考えた方がいいと思うもん」

短くなった克己の煙草を匡史が横から奪ってひと口吸い、ぎゅっと灰皿に押し付ける。

「もう三十だってのに、いつまでもあんな純粋でいられたら僕も困るしね」

じゃあそれ二人で食べてね、とソファの足元に置かれたビニール袋を指差して、匡史が帰っていった。

「ごめんな、兄貴性格悪くて」

呟く克己に、なんとなくわかっていた気がすると弱々しく律は答えた。


入院中だと聞いたおかげで、さらに数日を無駄にしてしまった。

会いたい。会いたい。会いたい。頭はそれでいっぱいなのに、いつ戻ればいいのかわからない。電話をするタイミングすら摑めないし、充電器を忘れてきたから携帯の電源は入れられなくなってしまった。

「落ち着いて考えてみて、やっぱり男なんかやだって思ってたらどうしよう……」

ふと思い付いた考えが恐ろしくて口に出したら、克己が「そうだな」と答えるから気持ちが急に下降した。

「こないだ兄貴の赤ん坊見てるしね。家庭に恵まれてないわけだし、おまえと一緒で」

低いテーブルの上のノートパソコンに向き合いながら克己が言う。彼の向こうにあるベランダ側のガラス戸が、真昼の陽射《ひざ》しで白かった。

「そ……そうだよね」

どうも情緒が不安定だ。周囲に認められた状況で、遠慮なく前に進んでもいいという感覚に慣れていないせいかもしれない。

「やっぱり幸せな家庭ってすごい憧《あこが》れるもん。自分がゲイでそういうのが絶対手に入らないってわかってから、余計に羨ましいって思うようになったし」

「憧れねえ」

「天国みたいな」

「そこまでいいもんじゃねえだろ?」

「俺にはそう。幻みたいな、自分は入れないけど、でもどうしても行きたい国みたいな感じ」

考えたら溜息が出た。

「結局居場所がほしいんだよなー、昔から。俺がいてもいい、俺のための場所みたいなのがほしい」

「なんか、頭冷やしたらディープな方に行っちゃったね、おまえ」

「冷えたのかなぁ。――あ？」

昼食の材料を探して冷蔵庫の中を覗《のぞ》いていた律は、はたと気付いて振り返る。

「そういえば克己、なんで平日なのに家にいるの？」

「休日出勤の代休だけど」

背を丸めてカチャカチャとキーを打ちながら、克己が声を返してきた。

「ああ、そっか。それで食材足りないんだ。スーパー行ってこないと」

「昼メシなー。そんならたまには外に食いに行こうか、マレーシア料理屋見付けたんだ」

「どんな？」

「中華の変化球みたいなの。辛《から》い」

「ちーちゃんと行った？」

「行った行った。バナナの春巻き食いたい。おいしいの。なんかナッツのソース入ってて」

克己が小さく笑う。たぶん家からほとんど出ない自分を、気遣ってくれているのだろう。

「じゃあ、そこ行く」

脂っこいものを食べる気分ではなかったが、親友の優しさはありがたかった。

お互い財布だけ持って、克己の車で連れていかれた店は外見が定食屋だった。少しもエスニックな雰囲気がないから、ついついあちこちを見渡してしまう。

「店長、陳《ちん》さんて言うんだ」

壁の営業許可証を眺めていたら、向かいから克己がメニューを差し出してきた。

「マレーシア系中国人とかじゃないの。逆かもしんないけど。俺ソトンゴレン定食にする」

「ナシゴレン……はどこでも食べられるから、サンバルウダンっていうのにしようかな」

「なんだよエビかよ」

「いいだろ」

「いいけど。あとピサゴレンな。じゃ、それで」

「アイヨー、イカ炒《いた》め定食、エビ炒め定食、バナーナ春巻きデスネー」

頭にバンダナを巻いた色黒の店長がにこにこと注文を繰り返す。

律は品書きのデザートの項目を眺めながら、佐々原《ささはら》は酒飲みのくせにけっこう甘いものが好きだから、連れてきたら珍しがって喜ぶだろうかと思う。

（ああでも、胃炎じゃ辛いものは無理か）

落ち着いて考えてみると、匡史のあの口振りではそうひどい病状ではない気もするのだが、血を吐いたというのが心配でしょうがない。

(もう良くなったのかな……そろそろ電話してみようか)

入院中なら電話をしても意味がない。そう思って何度も何度も、克己の家の電話で番号を呼び出してはかけずにいた。なぜか、相手が留守電かもしれないと思うとどうしても通話ボタンが押せないのだ。

気持ちが不安定なのは、佐々原の顔を見ていないせいだとわかっているのに。

「あ、辛い。ほんと辛いよこれ」

運ばれてきた料理を何気なく口にして、律は小さく声を上げる。エビのサンバルソース炒めは甘みがあってコクがあって、ＨＯＴとマークがついていただけあってひりひりと痛辛かった。

「エビなんか頼むからだ」

「でも美味《おい》しい。うーん、マンゴージュース頼もうか、な、……あっ」

「料理人のくせにメシんときに甘いもん飲むなって」

追加をオーダーしようとカウンターの方に顔を向けたまま、律は目を見開いて固まる。

「どうした？」

気付いた克己が首を傾げた。

「……テレビ……」

「ん？」

高い位置を振り仰いで、克己も目を留める。

「なあ……映画の製作発表って生中継でやるようなもん？　ライブって書いてあるよね」

問う声が震えてしまった。

「熱愛報道のせいじゃねーの？　この時間たぶんワイドショーだし」

「あ、そうなんだ」

「よくわかんないけど、いくら製作費何十億っつってもなー。つーか佐々原退院してたのな」

「痩《や》せた。窶《やつ》れてる」

定食屋のテレビの、油で曇った画面の中で佐々原が動いていた。真面目な顔でマイクに向かっている。いま、彼はそこにいるのだ。憂理や他のキャストや監督が次々に喋っている。だけど佐々原しか見えなかった。

久しぶりに見る彼の顔。病み上がりの恋人。画面が切り替わるたびに律は短く失望する。早く、早く。早く佐々原をアップで見せてほしい。

「バナーナ春巻きお待たせネー」

何分間も身じろぎもせずに見上げていたら、視界が急に遮られてはっとした。

「アー、お茶のおかわりあげますか。これちょと辛かったネー」

ほとんど手を付けずに冷たくなっている律の皿を見て、店主は少し困ったような顔をした。

「あ……いえ、美味しいです」

克己の定食はすでに空になっていて、彼は何も言わずに煙草をふかしている。

「ダイジョーブ。ダイジョブネー、テレビも大きくしてあげます」

そそくさとカウンターの中に引っ込んだ店主がテレビのボリュームを上げた。

『ではこれから質問をお受けします。はい、そちらの方——どうぞ』

朗々と、多少明るすぎる女の声が言った。

『今回の水越さんの役は一人五役と言ってもいい、とても難しいものだと思いますが』

『はい、正確には二役で、回想で——イメージ映像っていうか、それが三人という感じですけど。台詞《せりふ》は二人分です。さっきも言いましたけど、CGと合わせる方が不安ですね』

女優が女優の笑い方で答えている。

『佐々原先生のご指名だったそうですね。その点でプレッシャーのようなものはありますか』

『チャレンジすることへのプレッシャーはあります』

『では個人的に相談とか、指導してもらうとか、そういうのもよくありますよね』

『いえ、特には』

『よくお二人だけでお会いになっているようですが――』

『質問は映画に関することだけに――』

司会の女の声が割り込む。それをまた低い声が遮った。

『二人だけってのは、一度だけです』

カメラが軽く揺れて佐々原が画面に映った。

『すみません、ちょっといいですか?』

会場がざわめき、すぐにしんと静まる。

『みなさんが水越さんの話を聞きたいのはわかっていますが、少し僕に時間をください。あー、弁明とか釈明じゃなくて。女優の彼女に作家として愛があるのは本当ですから』

佐々原が『愛』と言った途端にざわざわと波が走り、それが大きくなる。ゴトゴトと耳障りな音で鳴ったのは司会者のマイクだろうか。

『し、質問されてから答えてください!』

司会がなぜか男声に変わった。混乱している。カメラは目を丸くした憂理ばかりを大映しにしていて、律はじりじりと手のひらに汗を握り締める。

『五秒で済むから静かにしてもらえますか。みなさんへの重大発表じゃありませんけど――いい?』

次に映った佐々原はマイクを摑んで立ち上がっていた。

『……律』

声が、呼んだ。

『頼むから、どっかでこれ見たら帰ってこい。おまえがいないと駄目だ。おまえが戻ってくるならこの映画ぶっ潰《つぶ》したっていい』

「はあああああっ!?」

克己が聞いたこともない声を上げた。それに驚いたのだろう、厨房でガランガランと鍋《なべ》が落ちるような音がした。それと同じぐらいテレビの中が騒ぎになっている。

『——以上です。はい、質問を続けてください』

佐々原だけが落ち着いた素振りで席に着く。その眉間《みけん》の深い皺《しわ》がはっきりと見える。

「何言ってんだあのバカ、おかしくなったのか？」

どうするんだよと呟《つぶや》く克己の言葉が耳に入らなかった。

体が震える。いきなり名を呼ばれて心臓が壊れそうだった。衝撃が大きすぎる。死にそうだ。

本当に驚いて声も出なかった。

「こんなめちゃくちゃにしといて何が質問だ。製作発表で『ぶっ潰していい』って……あーあ、どうすんだこれ……」

会いたい。会わなきゃ死ぬ。一秒でも早く。

「ちょ、おまえ大丈夫か？　顔まっしろ……」

「帰る。俺」

「……だな。横になった方がいい。俺のベッド使っていい」

「違う、脩司《しゅうじ》さんち帰る。帰らなきゃ」

「いま行ってもあいつ東京《とうきょう》だって。生放送だったろ、帰ってくるの明日とかだって」

「待ってる」

止める間もなくぽたぽたと膝《ひざ》に涙が落ちていた。びっくりしすぎたせいだ。

「――あー、くそ……っ」

なんかパックちょうだい、と克己が店長に言った。


皮がぱりぱりのうちに食えよ、と言われたバナナの春巻きが透明のパックの中でへたれている。

二週間ぶりの佐々原の家は惨状を呈していた。

穴が空いて外れた襖《ふすま》とひびの入った窓ガラス。仕事部屋は本棚の中身が投げ出された上にF

ＡＸ用紙が散らかっていてどうしようもない。律の部屋は強盗に入られたように荷物をひっくり返され、廊下には点々と血痕《けっこん》。

「こりゃ兄貴が心配するわけだ」

「バカみたい。俺なんかのことでこんなんなっちゃって」

最もひどいのは台所だった。食器が割れて調味料が飛び散ってレンジが落下してコーヒーメーカーが壊れている。なるほど悪夢だ。

ひどく時間がかかったのは、ガラスや陶器の細かい破片だの、ものの隙間《すきま》に入り込んだソースやスパイスだのに手こずったせいもあるし、いきなり泣けて手が止まったせいもある。

「明日仕事あるから帰るけど……一人で大丈夫か?」

なすり付けたように目尻《めじり》も白目も赤くなった律の顔を心配そうに覗き込んで、諦《あきら》め顔の克己が言った。

「だいじょぶ。風呂《ふろ》入って寝るだけだし。手伝ってくれてありがと」

「礼は佐々原に言ってもらいたい、俺」

へろへろに疲れ切った幼なじみを送り出してから風呂を使った。

十二時過ぎ——日付が変わっている。

せっかく持ち帰りにしてもらったものの、揚げものを食べる気にはなれず、律は佐々原のべッドに寝転がった。

煙草の匂いが強くする。仕事中の佐々原に抱き寄せられたときの匂いだ。

「替えてないんだ……」

シーツ交換だけは忙しくてもマメだったはずなのに。

このまま寝てしまおうかと迷ったけれど、佐々原が帰ってきてすぐに眠るなら清潔なシーツがいいだろう。何時間先か何日先かわからないが。

「早いといいけど」

一秒でも早く帰ってきてくれるといいけど。

ベッドメイクを終え、きれいなシーツに寝転がってそう思っていたらあるはずのない足音まで聞こえた。階段を駆け上ってくる重い足音。泣きすぎて鼓膜がおかしくなっている。

「――律」

テレビの向こうから呼ばれた声がまだ耳の底に残っている。あんな衝撃はありえない。心臓が破れなかったのが不思議なぐらいだ。

「律っ！」

「え？」

すぐ傍《そば》で声がして目を開けたら佐々原がいて、律は跳ね起きた。

「てめぇこの野郎……死んだら祟《たた》るぞ俺は！」

ばらばらと目にかかる前髪を乱したまま怒鳴る佐々原の息が、遠くから走ってきたみたいに荒い。

「い…イタイ、痛い痛い、はげるっ」

「知るかバカ」

髪を鷲摑《わしづか》みにされて首が仰《の》け反る。唇に文字通り嚙《か》み付くキスが降ってきた。

「いた……血ぃ出る……っ」

「出せばいいだろ、俺と同じだけ血吐けよ」

「そん、な……っ、は……う、んん……」

頭の中まで搔《か》き回されているみたいなキスだった。涙が出てしょうがない。シーツの上で佐々原に強く抱き締められて、律は泣いた。短い爪が佐々原のスーツの背にきつく縋《すが》る。肌に直接触れていたらひどい傷を作っていただろう。

「ったく冗談じゃねえぞ。おまえまでいなくなったら立ち直れねえだろうが」

「だ、って……っ」

「好きだって言った。おまえだけって言った。憂理は仕事相手だって言った。何が不満だよ」

「だって、好きって、どのぐらい好きなのかわかんなかったんだもん」

ぐずぐずの涙声が情けなかったけれど、佐々原もそれを気にしている余裕はないらしい。

「生きてる人間の中で一番だよ。そのぐらいわかれよ、この野郎」

切羽詰まった口調に胸が締め付けられて、頭がくらくらした。

「でも、……愛してるって、ゆりさんに言ってたし……」

「ああっ？　あれはリップサービスだっつっただろ」

まだこだわっているのかと、がくりと項垂れた首が仰向けの律の肩口に埋まる。

「あいつが俺が書いた女を演《や》れる奴だからだよ。女優でなけりゃあんなもんどうだっていい。あっちだってそうだ。俺が作家だからべたべたしてくるだけだ。ガキじゃあるまいし——本気で惚れてて愛なんて言えるか」

首と腰に回った佐々原の指先が震えていた。

「一緒に寝てる。おまえと暮らしてる。あとは？　結婚か？　籍入れりゃ逃げねえのか？　葉子はそれでも俺を置いていったけどな！」

耳元で喚《わめ》いて、佐々原が深く息を吐き出す。

「どうすりゃいいんだよ……どうしたら俺のこと見捨てないでいてくれる？」

「……やめて」

律は喘《あえ》いだ。

「死にそう……」

「……っ！」

がばっと身を起こして佐々原が切れ長の目を吊《つ》り上げた。

「――好きすぎて心臓止まる」

律が震える唇で呟いた言葉に、彼の全身から力が抜けた。

「ほんともう、やめてよ。殺し文句っていうの？　昼からずっと心臓痛いのにそんなに畳み掛けないで」

胸にのし掛かる快い重みを受け止めながら、律は小さな声で言った。

「うちの父親、心臓病だったんだから。俺も弱いかもしんない……遺伝だきっと」

「んなもん、俺が胃に穴空けて死ぬ方が先だ」

「それもやめて。仕事しすぎだってあんた」

「ふざけんな、おまえのせいで胃炎になったんだろうが。どんだけ悩んだと思ってる」

「……ふ……っ」

伸び上がってきた佐々原の唇が耳の下に触れる。

「半月もどこにいたんだよ」

耳朶《じだ》を食《は》まれてとろけそうに体が熱くなった。

「言っても、怒らない？」

「まさか前の男んとこじゃねえよな？」

「か……克己んち」

きりっと耳に歯を立てられ、鋭い痛みに慌てて口を開く。

「くっそ、やっぱそうか。二人揃《そろ》って隠しやがってあの兄弟……」

「匡史さんも？」

「俺が知ってる中であいつが一番食えねーんだよ。あの優しそうな顔でしゃらっと嘘つくからな。何が『克己も心配してた』だ、こっちは命がけだっつーのに一児のパパめ」

「パパめって」

何があっても匡史を敵に回さないでおこうと心に決めながら、律は喉《のど》の奥で小さく笑った。

「笑ってる場合か」

「だって――ツボに入った」

怖い顔をされてまたおかしくて笑ったら、ごりっと腿《もも》に硬いものが押し付けられて。

「笑った分だけ泣かせるからな」

覚悟しろよと脳みそが溶けそうなほど甘い声で言われた。

会見のあとホテルの一室に閉じ込められた佐々原は、高木《たかぎ》の手配で最終の新幹線に乗ったらしい。隠されて逃がされたのだ。

「俺ね、匡史さんに怒られたよ」

押し倒された律の首の下で佐々原のネクタイが捩《よじ》れている。

キスをしながらほどいてやったそれは、短い時間律の手の中にあった。滑るシルクの感触は何かこれまでの自分の中になかった感覚を刺激した。たとえば手と手、あるいは首と首をつないでおきたいような、心中ぎりぎりの切なさを。

それからキスは深くなった。

「おまえも？　なんで」

「もっとあんたを信用しろみたいなことで」

キスは唇だけで終わらなかった。

頬《ほお》にまぶたに額に顎《あご》に耳に。首に肩に鎖骨に胸に。腹に臍《へそ》に腰に性器に腿に膝に。腕を取って二の腕から手首まで、それから手の甲と手のひらと指を一本ずつ。

「そうだバカ。人が好きだっつってんのに——いなくなるなんて普通じゃねえぞ」

「それさ、いつから？　俺が逃げたから勿体《もったい》なくなったんじゃないの？」

「違う。ずっと言ってただろ、おまえが作るメシが気に入ったんだ。それから可愛いと思った。だから寝た。あとは理屈じゃねえよ、おまえのことは商売じゃ書けねえって思っちまったんだ。人に見せたくねえって」

「寝たのなんて、最初の日じゃん……」

「最初っから可愛いと思ってたんだよ。知らなかったなんて言うなよ」

語気の激しさからてっきり性急に求められると思ったのに、熱い唇は丁寧に押し当てられていくだけだった。律はそれに焦れた。激しい抱擁で高ぶっていた体が穏やかな波に飲まれていく。込み上げてくる熱情もなく息も乱れないまま、臑《すね》を辿《たど》って捧げ持った足の甲にくちづけられ、くるぶしに歯を立てられたら、とろりと屹立《きつりつ》から雫《しずく》が垂れた。

「脩司さん、ね……、あんた言葉使うの下手だよ。プロのくせに」

足指を口に含まれてやっとかすかに震える。

「俺、言葉の裏とか読めないいんだから。……紛らわしいことされるとわかんなくなる」

「喋《しゃべ》んの苦手なんだって」

「……あ……」

律に跪《ひざまず》くように足を舐《な》める佐々原の歯に指を嚙まれ、爪が沈む。鈍いぬるい痛みが腿の内側を撫《な》で上げた。

「悪かったよ」

かかとをそっとシーツに下ろして、佐々原が背を折る。

「不安にさせた。おまえが怖がりだってわかってたんだけどな」

「ん、あぁ……っ」

先走りで光る下生えを指先で撫で、ひくひくと脈打つものに手を添えてちゅっと音をたてられて、背中を仰け反らせた。根元にもキスがくる。同じ場所を優しく噛まれる。跳ねた足を押さえ付けられて深く咥《くわ》えられそうになり、律は甘い息を漏らしながら身を起こした。

「……俺も」

唇のぬめりを舐め取る男の、真摯《しんし》な目の色と卑猥《ひわい》な口元のギャップに背中がそそけ立つ。

「俺もあんたのこと、わかってなくてごめん」

厚みのある舌の動きに誘われるように佐々原の下唇を噛んだ。絡んだ舌からは、自分自身の濃い涙のような味がする。

「違うな。おまえはわかってたんだよ、律。たぶん俺より俺のこと理解してるんだ」

弱いと知っている耳に唇を付けて、佐々原がひっそりと囁《ささや》いた。

「……いきなりいなくなったのに?」

「それはきつかったけど」

ざらりと耳郭を舐められた。熱を孕《はら》んだ律の唇から吐息が溢《あふ》れる。

「あのとき俺は、どっちか選べって言われたら菓子を取ってたのかもしんねえ」

「それはしょうがないよ」と律は短い息で言った。

どうしようもない、それだけは。勝てるとも思えないし勝つ気もない。

「仕事してるといつもあれが傍にいる気がするんだ」

首筋に歯が当たってびくびくと震える。

「だからおまえが俺の言うこと信用しないんだって、おまえが出てくまで気が付かなかった。死んだ奴と生きてる奴は違うって、口では言えても頭でわかってなかったんだ、俺は」

噛まれた場所が脈打っている。

「おまえがいなくて死にそうになるなんて思わなかった」

静脈に唇を押し当てて言われた。律は乾いた唇を濡れた溜息で湿らせる。

「――――ごめん」

「みっともねえな。あれ以来なんだ、誰かのことを必要だと思うのは」

「ごめん、脩司、ごめん」

「もう好きになることなんてないと思ってたのに――こんなバカみてえなこと言わせやがって。責任取れよ、おまえ」

うん、と律は頷いた。

できることならなんでもする。誓うのは簡単だった。できないことでなければなんだってできる。愛していると言わずに愛することだって。

「あっ……、ふ……ぁ」

互いのものを唇と舌と指で固くして、透き通った熱い水を啜《すす》り上げながら律は細く喘いだ。ぬめりをまとった佐々原の端整な指が中を抉《えぐ》っている。いいところを突かれるたびに舌が跳ねて動かなくなる。だらだらと口の端から雫が溢れた。

「ああ……あ……いい、それ」

生々しくていやらしくて滑稽《こっけい》な行為。夢中になれるのは流す体液があるからだ。熱くなる体と騒ぎ立てる心臓と乱れて途切れる息があるから。情は生きている人間としか交わせない。当たり前だ。どうしていまさら思い知らされているのだろう。頭の中を犯されているみたいだ。佐々原が生きていることを確かめるように抱くから、わかりきったことを新鮮に感じている。

「ここ、もう口開けてる」

「うぁ……っ!」

ひくついている先端の窪《くぼ》みをこじ開けるみたいな指の動きに、びくりと全身が強張《こわば》る。

「や、あ……そこやめて、だめ」

「我慢すんなよ」

「それだめ、よすぎる……っ」

内側を優しく撫でながらはくはくと喘ぐ小さな穴の縁を指の腹でなぞられ、律は強く震えた。荒い呼吸で口が乾く。佐々原のものが舐められないのが嫌だった。中も外も佐々原でいっぱいにしていてほしかった。

「ああ、あ、あっ、あああ、あ」

声が。快感が、氾濫《はんらん》して止まらない。佐々原の手が濡れ、胸が濡れた。

「んっ……！」

シーツか脱ぎ捨てたシャツで肌を拭《ぬぐ》った佐々原にくちづけられ、前からとろりと白濁混じりの体液が押し出されてくる。このままキスだけで何度でもいけそうだった。

「綺麗な顔だな」

佐々原が目を眇《すが》める。血の色を透かした頰や唇を指で撫でられてぞくぞくする。

「綺麗なもんはよくないいんだ、ぐちゃぐちゃにしたくなるだろ？」

すればいいのに。律は唯一売り物になる腕で恋人を抱き締めた。腰を擦り合わせると苦味のある笑みで見詰められる。

ぐちゃぐちゃにすればいい。それぐらいもう怖くない。

「いいから……中で、して」

心が滴っている。生の蜂《はち》の巣をナイフで割ったみたいだ。蜜《みつ》の中にずぶずぶに沈んでいる。

「あんたのものにして」

「っ……」

息を飲んだ佐々原がすぐに優しく唇を奪ってくる。それから深く。舌を絡めたまま性器をねじ込まれて、律は縋《すが》った肩に爪を這《は》わせた。体中の神経がいっぺんにざわめく。胸に這《は》い出て血液と一緒に体の隅々に行き渡った透明の蜂が、驚いて一斉に羽を震わせている感じ。律は喘ぎながら濃いキスを続ける。こぼれ出す蜜を分け与えるように。

「く、アッ、……アァ、いい、気持ちい……」

「ああ……」

馴染《なじ》んだ固さと大きさと形。自分の肉がぴったりと食い締めている。

弱い場所を切っ先でこすられて涙が出る。とろけてうねる内壁を味わうように奥まで突き入れて動きを止め、佐々原がまたくちづけてきた。その黒い強《こわ》い髪に指を差し入れ、律は甘い舌を嚙む。

「……は……」

佐々原が息を漏らす。切ない声――可愛い。

胸がぎゅっとなるのと一緒にきつく締め上げてしまって、中で佐々原がびくっと跳ねる。

「こら。……痛いだろ」

「そ……なの？」

「いきそうなんだよ……ちょっと、じっとしてろ」

鋭く整った顔を困ったみたいに歪《ゆが》めて、吐息混じりに囁かれる。

「いかないの？」

薄茶色の目を濡らして、律は指先で男の固いうなじを撫で上げた。息を呑《の》む佐々原の恥ずかしそうな表情がたまらない。

「中で出してくんないの……？」

「んっ……」

ねだるように両手で引き締まった腰を摑むと、張り詰めたものが強く脈打った。

「ば……、馬鹿野郎、おまえ」

ああ耳が赤い。潤んだ視界でそれを捉《とら》えて律は柔らかく笑んだ。甘ったるい声を漏らして照れる佐々原が新鮮で、いとけなくて、嬉《うれ》しくなる。

「泣いてるくせに余裕かますんじゃねえよ」

くそ、と呻いて佐々原が身を起こした。

「ひあ……っ、あっ、あああ」

片方の足を担ぎ上げもう片方の腿を膝で跨《また》いで、より深くつながる格好で突き上げてくる。激しい波に浚《さら》われて律は仰け反り、シーツを摑んだ。

「そうやって、鳴いてろ、もう」

「やっ、やあっ、だめ、それだめ、……また出る……っ」

新たな場所を抉られる衝撃に、一度出して我慢が利くはずの体が本当にぐちゃぐちゃになる。痺れて、溶けて、絡み合ってひとつになって、二乗の悦楽は限界が見えない。これは二人がひとつになる感覚じゃない。一人の熱が二人分以上になる埒外《らちがい》の快感だ。

道具もシチュエーションもやり方も何も特別なことなんてないのに、脳みそも血液も沸騰している。

「イイ、い……んっ、も、いって、脩司……っ、俺、変になる」

死にそうとか死にたいとかこれまで思うことは何度もあったけれど。恋が実際致死量に充分な劇薬だと、律ははじめて思い知った。この毒はもう消えない。生きている限りきっと、お互いの血に染み付いたこの匂いを忘れない。

「あ、あ、いく、出ちゃう、う、ん、んんんっ！」

「────ッ……」

佐々原の息を聞きながら一番奥で射精され、その熱に押し上げられるように前と後ろが同時に極まった。

「ああっ、は……あ…あ……」

苛烈《かれつ》すぎる絶頂が終わらない。痙攣《けいれん》が止まらない。意識が体より高いところに浮き上がって戻ってこない。

「ったく煽《あお》るんじゃねえよ、バカ」

荒く胸を喘がせながら佐々原が倒れ込んでくる。

「惚れてんだから……俺の方がおかしくなる」

かすかに呟いた佐々原に優しくしっかりと抱き締められて、律は重い腕を持ち上げた。

「俺なんか、もう死んでる……」

「どこがだよ、こんなべたべたにして」

「だってあんたの傍でしか息ができない」

背を抱いた腕の中で、彼の鼓動がこぼれそうなほど大きく跳ねる。

「なら、もう死なないな」

俺も——と言って、佐々原が苦くて甘い笑みを浮かべた。

「あと何十回でもこのまんまやれそうだ」

腹の中にある熱いものは本当にまだ固い。その実直さがおかしくて、バカだな、と囁いた律はもう一度キスをねだった。とびきり濃厚なくちづけを。


夏の盛りが過ぎて秋になって冬がくる。

昨日、年が明けた。

「どーなることかと思ったけど、ぶっ潰れなかったねえ、これ。よくできてたし」

こたつでミカンを剝《む》きながらテレビを見ていた匡史が呟いた。

「俺まだ観てない。つーか半年でできるんだな、映画って」

コップ酒を飲みながら克己が答える。

「なんだかんだで発表する二年前から作りはじめてたよ、CGのとことか。観てないなら彼女と行きなさい。いいよ、泣ける」

「そんな暇ねーもん。正月休みはあっち実家に帰省してるし」

「春休みまでやるから行っておいで、友達甲斐《がい》のない子だね」

克己のグラスが空になって「『百年廃墟』絶賛上映中」のCMも終わった。

「つーかあんたが泣けるとか言うなよ、寒い」

「嫁が泣いてたから一応」

くすりと笑って、匡史が一升瓶から弟のグラスにどぼどぼと酒を注ぐ。

「でもほんと、この映画当たってよかったよねえ。あの会見のあと製作会社の社長は怒るし監督は怒るし、裁判起こされそうになるし。ひどかったからねー」

「さすがに佐々原が可哀相になったもん。バカすぎて。あんなにイカれてるなんて知らなかった、俺」

「僕は知ってたよ？　りっちゃんが持ち堪《こた》えてるのはけっこう意外だけど」

「女優と作家と内縁の妻の三角関係騒ぎなー。記者ってのも作家と同じぐらいアホな仕事だね。こんな田舎《いなか》までカメラ持って何しに来てんだってカンジだったもん。律に『リツコって女性知ってますか』って訊《き》いた奴いたんだよ」

「読んだ読んだ。その記事。なんと佐々原脩司が全国放送で呼びかけた『同棲相手《どうせい》』、正体は男性マネージャーだった、っての」

「全然正体じゃねーし。どっちかっていうと内縁の妻で合ってるし。なんであれで佐々原がホモだって流れになんなかったんだろ」

「水越憂理との話の方が盛り上がるからでしょ。あっちのが脩司よりずっと有名人なんだから。一般人の男とくっつけるより、自殺した元嫁に顔が似てる女優との方がのびのび勘繰って楽しめるじゃない」

「まーねー」

水のようにグラスを空け、一升瓶を持ち上げて、克己がことんと首を傾げる。

「律、酒ないよ」

呼ばれて、ストーブの前の律は餅をひっくり返す手を止めた。

「それお土産《みやげ》じゃなかったの？　なんで脩司が飲む前に空にしてんだよ」

「せっかく来てやったのに寝てるのが悪い」

克己が律の膝を指差す。佐々原は律の細い腰に腕を巻き付けて膝枕《ひざまくら》で眠っていた。

「ああ……先月は年末進行ってので忙しかったから」

「もう一月二日だって」

「どうせ年越しエッチが姫はじめになっちゃって昨日一日やりまくって疲れ切って寝てるんでしょ。三十男がいらん無理するから」

匡史が本当のことを言い当てるから、律は耳まで赤くなる。

「そういう初々しい反応しないでくれるかな。意地悪したくなっちゃう」

くすくすと笑う匡史に、克己がひどく渋い顔をした。

「あんたなんでそうやって律のことをいじめるわけ？」

「そりゃ僕の男を盗ったわけだから」

「違うだろ、あんたが押し付けたんだろ。どう考えても律の背中押したのって兄貴じゃん」

「まあそうなんだけどねえ」

ほんのりと甘く目元を染めた匡史が、克己の煙草を引き寄せて一本銜《くわ》える。克己ほど酒には強くないんだな――と、律は関係ないことを考えた。

「でも克己だって、まさかこの二人がくっつくなんて思ってなかったでしょう？」

「俺、佐々原が男もいけるなんて知らなかったし。律が佐々原の面倒見るといいって、しつこく言ってたのあんただし。最初から仕組んでたのかと思った」

「りっちゃんに独り暮らしさせたくないって言ったのは克己じゃない。最初の思惑と違うのはお互い様だよ」

「あの……」

聞き捨てならない感じになってきて、律はそっと口を挟んだ。

「思惑って何？　脩司さんが家政婦探してて俺がちょうど無職になったから、だからここで俺がバイトしたらいいって話じゃなかったの？」

「それはただのきっかけってやつ」

天井に向かって紫煙を吐き出して、匡史は肩を竦める。

「僕は脩司が一人っきりになるの、もう嫌だったんだよね。単純に。もともと自分の世界に閉じこもりがちな奴だったけど、この家で暮らしはじめてからそれがひどくなっちゃって――誰かが一緒にいてペースメーカーになってやんないと、あっち側から帰ってこられなくなりそうで。仕事中にメシ食わないのより、そっちの方が本当は心配だった」

ああ、と律は心の中で頷いて、自分の膝に目を落とした。

こうして寝ている佐々原はとても満ち足りているように見えるけれど、この人の心の中には葉子や母親のいる『あっち側』がいまもきっとある。

「でも僕は県外にいて、自分の家庭もあって、四六時中見に来ることなんてできないし。どっかでなんとかしなきゃなーって思ってたら、りっちゃんが心配だって克己が言い出して」

「おまえ、独り暮らしだとふらふらするじゃん。次々男引っ張り込んだり」

克己が畳に後ろ手をついてぽつりと言った。

「誰かと暮らしてたら、そういう寂しいことしないだろ。佐々原だったら手がかかるから、おまえが余計なこと考えてる暇もなくなりそうだったし」

「――たぶん、僕も克己も、君らに家族ごっこをしてほしかったんだよね」

「家族……ですか?」

「そう。兄弟でもいいけど。いつもそこによく知った人がいるって、単純に安心感があったりするでしょ。脩司にその感じを知ってほしかったっていうか、ね」

匡史はちらりと、たしかに無防備に安心しきった様子の佐々原を見やった。

「こう言っちゃ悪いけど、君たち二人とも家族の縁が薄いから。触られたくない部分とか過去とかがあるって知ってるりっちゃんだったら、脩司がどれだけ扱いづらくても、優しくしてくれると思った」

「だから誤算だって言ったんだよ、俺」

空になった煙草のパッケージをくしゃりと握り潰して克己が言う。

「恋愛させる気なんかなかったのに、おまえ、佐々原のこと好きになっちゃうし」

「それは僕の方が驚いたって。りっちゃんがゲイなのはともかく、脩司が男を好きになるなんてさあ」

「のわりにあと押ししたよな、あんた」

「だって脩司が本気だったんだもん。……もう愛情なんて枯れたんじゃないかって心配してたけど、まだ人を好きになれたんだよねー、やっとっていうか」

酔いのせいなのか、佐々原の寝顔を見詰める匡史の視線には熱がある。自分を見る克己の目よりずっと温度が高そうだ。

「無理にくっつける気はなかったけど、僕がなんか言ったぐらいでりっちゃんが逃げちゃうなら、脩司のことは任せられないしね。保険だよ、保険」

「俺も、小説家の佐々原はそんな好きじゃねえけど、律は任せてもいいかなって思っちゃったんだよな。なんかちゃんと笑ったり泣いたりできる相手だしさ」

「うっかりしたよね。相性がよすぎた」

「あ、そうだ、酒！　酒なくなったんだよね、克己」

しみじみと言い交わしはじめた兄弟の会話がくすぐったくて、律は慌てて二人を遮る。

「ちょっと持ってくるから」

腰を上げたらごとっと畳に佐々原の頭が落ちた。

「ウッ……痛ぇ……」

「わ、ごめん」

「りっちゃん……さっちゃんが余計バカになるよ。少ない脳細胞労《いたわ》ってやって」

「さっちゃん言うな、くそ匡史。あー、おまえ二番目入りの嫁どうした？」

ぶつけた頬骨をさすりながら起き上がり、佐々原は膝立ちの律を腕に抱き込もうとする。

「嫁は一番目と一緒にじじばばのところです。今日は男だけの新年会ってことで――なんかおまえだけ嫁付きでずるいね」

「籍はまだ入れてねーぞ」

「そりゃ内縁だもの」

目元に朱をのせた匡史に見据えられて、律は寝ぼけた素振りで胸にすり寄ってくる佐々原の頭を押し返そうとうろたえる。

「つーか律、その痴漢野郎殴っていい？」

「あ。……やばいから、脩司さん。放して放して」

すっかり目の据わった克己に懐く男をまた指差されて、とりあえず自分の尻を摑んでいる大きな手を払った。

「なんだよ、ここ俺らのうちだぞ。なんで人目気にしなきゃいけねーの」

「人が来てるからですよ、先生」

言いながらようやく立ち上がり、台所に向かいかけて律は振り向く。

「そうだ脩司さん、お汁粉食べる？　餅焼けたけど」

「食う」

了解と頷いて廊下に出る。乾いた冷たい空気と石油ストーブと団欒《だんらん》の入り交じった、『冬のおうち』の匂いがする。

「汁粉っておまえ……自分が『殺意の作家』とか言われてるって自覚あるの？」

「俺が名乗ってるわけじゃねーだろうが」

「さっきのあんた、うちの彼女に見せてやりてえ。佐々原ファンなんだよ、始末悪ィ」

襖の向こうで声がする。

（俺らのうちって言った……俺らの）

胸が静かに鳴っている。

外は霙《みぞれ》で、ときどき日本海側特有の冬の雷が鳴っているけれど、部屋の中は明るくて温かい。

心臓も甘く優しく揺れるだけだ。

たぶんもう嵐《あらし》が来ても夜道で迷っても大丈夫だろう。ここが自分の帰ってくる場所で、自分の居場所なのだから。

「はいお酒、お汁粉。蕎麦《そば》茹《ゆ》でるけど、あったかいの食べる人ー」

「僕ネギ抜き」

「俺エビ抜き。つーかおまえ何手ぇあげてんだよ。汁粉食ってんじゃねえか」

「寝起きは甘いもんがほしいんだよ。蕎麦は別」

「ハイハイ、大晦日の残りだからエビ天はないよ克己。匡史さんネギ抜きね。脩司さんは岩のり入ればいいね」

「ちょっと待て、律」

追いかけてきた佐々原に廊下で腕を摑まれた。

「何?」

「昨日寝てばっかで今年もよろしくって言うの忘れてた」

「ああうん、よろしく……」

語尾が佐々原の唇に消える。あずきと砂糖の甘ったるい味がした。挨拶《あいさつ》で終わらないキスに声が出てしまいそうになる。

「……簡単な体」

耳元で嬉しそうに囁かれたから、その胸を指先で突いてまっすぐ目を見てやった。

「あんたにだけだよ」

佐々原が心臓を押さえて床にくずおれる。律は笑って台所に向かった。

わかってる。

もう知っている。

好きすぎて、気持ちよすぎて、泣いたりときどき死にそうになったりもするけれど——恋人の強い腕の中はたしかに地上の天国なので。

きっともう、この心臓は二度と死なない。

あとがき

キャラ文庫さんでは初めまして、こんにちは。

歩みの遅い私のちょうど十冊目になるこの本は、小説家とハウスキーパー（というか居候《いそうろう》というか）の話です。プロットをたてたときは、「おうち仕事の人の手元に情人がいたら、昼夜を問わずエッチし放題でいいかも。作家なんて頭でっかちな生きものだったら、可愛い子を相手に色んなセックスをさせても許されるかも」というピュアな下心があったのですが、ちっともそういう方向に行き着けませんでした。

普通のラブラブな人たちになっちゃった……。

書いてみたら案外と律《りっ》が心の丈夫な子で、脩司《しゅうじ》が予定外に初心《うぶ》で可愛い人だったせいです。もうちょっとこう、脩司は意地悪なぐらいの男前にするつもりだったのにな。

当然のことですが、本文中に出てくる脩司の感覚や生活は彼個人のものです。どうも世の中の人は、自由業だからって不規則な生活ばかりしているわけじゃないみたい。体力づくりをしてたり、こまめに外出したり、一日三回もごはん食べたりする人がいてびっくり。もちろんネタの蒐集《しゅうしゅう》の仕方や書き方も、私は手探り中ですが、人それぞれだし。

それにしても今回は原稿が延び延びになってしまって、イラストの高久《たかく》先生には大変ご迷惑をおかけしてしまいました。律も脩司も、書きたかった人たちに描いていただけてとても嬉《うれ》しいです。担当さんと「眼鏡、いいですね！」とはしゃいだりしてました。それなのにご迷惑を……心苦しいったらありません。本当に申し訳ありませんでした。

担当さんにも頭が上がりません。もうこんなにのろまなことはしません。ごめんなさい。

ところでいま、私の部屋の隅に猫がいます。ケージの中で眠っています。親の知人がうちの近所の野良猫たちを見て「一匹ちょうだい」と言ったので、「別にうちの子じゃないけど、野良が一匹でもまともに飼われるなら」と母が一番懐いている子を捕獲したのです。

これがまあ、おとなしくて真っ白な生後十ヶ月の男の子。みっしりと詰まった短い冬毛は素晴らしい手触りで、人馴れしてしまったため、撫《な》でると素直に喉《のど》を鳴らす。明日にはもうあのお医者さんちにもらわれていくのだな、と思うとなかなか寂しいです。

たぶん私はそのうち、この一泊猫をモデルにボーイズラブを書くんでしょう。ちょびっと因果な気がしますが、そういう性癖なのだからしょうがないかな、と。そんな感じでこれからもゆるゆるとやっていくつもりです。

またどこかでお会いできれば嬉しいです。

菱沢《ひしざわ》九月《くがつ》

この本を読んでのご意見、ご感想を編集部までお寄せください。

《あて先》〒105－8055　東京都港区芝大門2－2－1　徳間書店　キャラ編集部気付
「小説家は懺悔する」係

■初出一覧
小説家は懺悔する……書き下ろし

Chara

小説家は懺悔する

【キャラ文庫】

2005年3月31日　初刷
2015年6月25日　6刷

著者　菱沢九月
発行者　川田 修
発行所　株式会社徳間書店
〒105-8055 東京都港区芝大門2-2-1
電話048-451-5960（販売部）
03-5403-4348（編集部）
振替00140-0-44392

印刷・製本　図書印刷株式会社
カバー・口絵　近代美術株式会社
デザイン　海老原秀幸

ISBN978-4-19-900344-8